단테의 신곡

단테의 신곡

영혼의 구원을 노래한 불멸의 고전

알리기에리 단테 지음 | 구스타브 도레 그림 | 다니구치 에리야 엮어 씀 | 양억관 옮김

La Divina Commedia

BM 황금부엉이

단테의 신곡

2004년 10월 5일 초판 1쇄 발행
2010년 6월 17일 개정1판 1쇄 발행
2016년 1월 25일 개정2판 1쇄 발행
2024년 12월 4일 개정2판 14쇄 발행

지은이 | 알리기에 단테
그린이 | 구스타브 도레
엮어 쓴이 | 다니구치 에리야
옮긴이 | 양억관
펴낸이 | 이종춘
펴낸곳 | ㈜첨단

주소 | 서울시 마포구 양화로 127 (서교동) 첨단빌딩 3층
전화 | 02-338-9151
팩스 | 02-338-9155
인터넷 홈페이지 | www.goldenowl.co.kr
출판등록 | 2000년 2월 15일 제 2000-000035호

전략마케팅 | 구본철, 차정욱, 오영일, 나진호, 강호묵
제작 | 김유석
경영지원 | 이금선, 최미숙

ISBN 978-89-6030-448-2 03830

황금부엉이에서 출간하고 싶은 원고가 있으신가요? 생각해보신 책의 제목(가제), 내용에 대한 소개, 간단한 자기소개, 연락처를 book@goldenowl.co.kr 메일로 보내주세요. 집필하신 원고가 있다면 원고의 일부 또는 전체를 함께 보내주시면 더욱 좋습니다. 책의 집필이 아닌 기획안을 제안해 주셔도 좋습니다. 보내주신 분이 저 자신이라는 마음으로 정성을 다해 검토하겠습니다.

차례

단테와 『신곡』
6

Inferno
지옥편
9

Purgatorio
연옥편
141

Paradiso
천국편
215

단테의 『신곡』과 구스타브 도레에 대하여
260

단테와 『신곡』

　이탈리아가 낳은 가장 위대한 시인 단테는 1265년 피렌체의 소귀족 가문에서 태어났다. 유복하다고는 할 수 없었으나 귀족의 교양을 위해 어린 시절부터 고전문법과 수사학을 배웠고, 청년시절에는 석학인 라티니에게 사사하여 고전 전통에 정통했으며 매우 박학다식했다.

　단테가 살았던 시기는 유럽 역사에서 그리스 다음으로 문화적 창조가 풍부했으며 사회적 변동도 심하던 중세와 르네상스의 과도기였다. 개인적으로는 3세기 중반 이후 대립이 이어진 황제파인 기벨린 당과 교황파인 구엘프 당 사이의 세력다툼에 의해 피렌체로부터 추방당하고 다시는 돌아가지 못하는 고초를 겪기도 했다.

　그리스도교적 시각에서 인간 영혼의 정화와 구원에 이르는 고뇌와 여정을 그린 역작 『신곡』은 총 14,233행의 장대한 서사시로, 지옥 · 연옥 · 천국 등 3편으로 이루어져 있으며 각 편은 33장으로, 각 연은 3행으로 구성되어 있다. 지옥편의 서두에 서장이 있어 총 100장이며 이러한 구성은 기독교의 삼위일체를 표방하고 있는 것으로 본다.

이 작품의 원제는 『희극』이었으나 후에 '신성한Divina'이라는 형용사가 덧붙여져 『신곡』이 되었다. 1308년경에 쓰기 시작하여, 죽기 바로 전인 1321년에야 끝을 맺은 것으로 알려져 있다.

내용은 단테 자신이 하나님의 은총으로 베르길리우스와 베아트리체의 도움을 받아 지옥·연옥·천국 등 내세의 영혼세계를 두루 여행하며 경험한 내용을 상세히 그린 여행기의 형태를 띠고 있다. 이때 지옥과 연옥을 안내하는 베르길리우스는 인간의 이성과 철학을, 천국을 안내하는 베아트리체는 신앙과 신학을 상징한다.

호메로스와 베르길리우스가 쌓은 장편서사시의 전통을 잇는 불멸의 고전으로 평가되는 『신곡』은 이성과 낭만, 현실과 환상, 시와 과학 등 중세 그리스도교적인 사상과 르네상스의 인본주의를 바탕으로, 중세 유럽의 문학·철학·신학·수사학·과학 등의 전통을 총괄하고 있다. 한편 당시 권력의 당파싸움에 휘말려 피렌체에서 추방당한 자신의 경험에서 비롯된 당대의 정치 상황에 대한 날카로운 분석과 풍자 역시 녹아 있다.

호메로스, 셰익스피어, 괴테와 더불어 세계 4대 시성으로 불리기도 하는 단테는 시 이외에도 수사론에서부터 도덕·철학 및 정치사상에까지 이르는 여러 이론적 저술이 있으며 중세 정치철학의 주요 논문 가운데 하나인 「제정론」을 썼다.

지금으로부터 700년 전인 서기 1300년경의 이탈리아.
꽃의 도시 피렌체는 베네치아와 더불어
유럽의 상업과 무역의 중심지로서

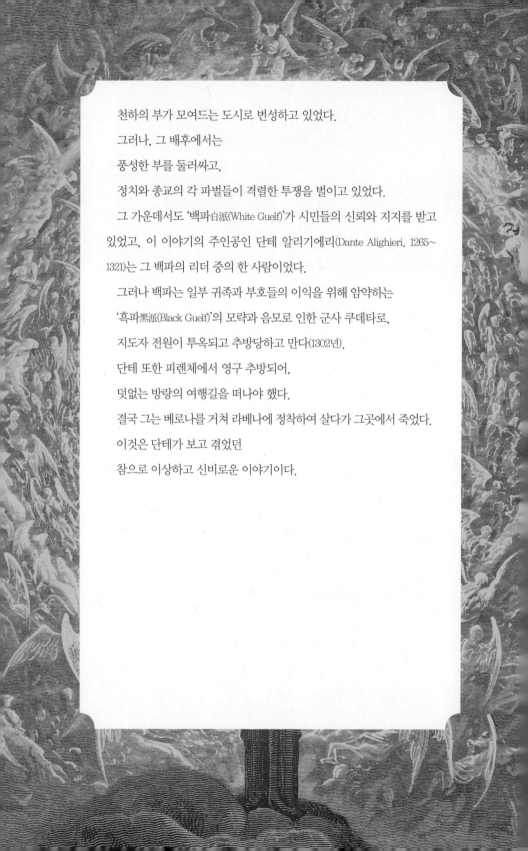

천하의 부가 모여드는 도시로 번성하고 있었다.

그러나, 그 배후에서는

풍성한 부를 둘러싸고,

정치와 종교의 각 파벌들이 격렬한 투쟁을 벌이고 있었다.

그 가운데서도 '백파白派(White Guelf)'가 시민들의 신뢰와 지지를 받고 있었고, 이 이야기의 주인공인 단테 알리기에리(Dante Alighieri, 1265~1321)는 그 백파의 리더 중의 한 사람이었다.

그러나 백파는 일부 귀족과 부호들의 이익을 위해 암약하는

'흑파黑派(Black Guelf)'의 모략과 음모로 인한 군사 쿠데타로,

지도자 전원이 투옥되고 추방당하고 만다(1302년).

단테 또한 피렌체에서 영구 추방되어,

덧없는 방랑의 여행길을 떠나야 했다.

결국 그는 베로나를 거쳐 라베나에 정착하여 살다가 그곳에서 죽었다.

이것은 단테가 보고 겪었던

참으로 이상하고 신비로운 이야기이다.

Inferno

지옥편

나는 삶의 어느 순간에 참된 행복의 길에서 벗어나고 말았다. 문득 정신을 차려보니, 어두운 숲 속을 헤매고 있었다.

지금도 그때의 일을 생각하면 가슴이 얼어붙고 몸이 떨린다.

끝도 없이 펼쳐진 원시의 숲, 가슴이 오그라들 듯한 공포, 그것은 죽음보다 깊고 어두운 세계였다.

왜 나는 그런 곳에 있었을까?

아니, 어떻게 그곳에서 살아 돌아올 수 있었을까?

나는 참으로 이상하고 신비로운 여행을 했고, 그리하여 그곳에서 지고의 선으로 가득 찬 빛의 세계를 보았다. 아, 그건 말로 다 할 수 없는 소중한 체험이었다.

내 가슴은, 그 체험을 사람들에게 전해야 한다는 사명감으로 불타오르고 있다. 그래서 이 글을 쓰고 있는 것이다. 이제부터, 거기서 내가 보았던 것을 하나하나 기억을 더듬어 가며 말할 것이다.

문득 눈을 떠보니 반평생이 흘렀네
사방에는 끝도 없이 펼쳐진 어두운 숲
길다운 길 하나 없는 절망의 심연
아, 나는 거기 있었네

숲 속에서, 나는 너무나 무서워 눈을 아래로 깔고 떨리는 발걸음을 옮기다가, 이윽고 계곡의 끄트머리에 이르러 비스듬히 위로 뻗은 오르막길

을 발견했다.

언뜻 눈을 들어보니, 저 멀리 우주에서 비쳐오는 듯한 한 줄기 빛이 나에게 손짓을 하는 것 같았다.

그 빛을 보는 순간, 오랫동안 어둠 속에서 떨고만 있던 마음에 따스한 온기가 피어올라, 비로소 뒤를 돌아 볼 마음의 여유를 가질 수 있었다.

난파한 배에서 겨우 해안으로 헤엄쳐 온 어부가, 아직도 자신의 목숨을 집어삼킬 기세로 밀려오는 파도를 두려운 눈길로 바라보듯 뒤를 돌아보니, 아직 아무도 살아 돌아오지 못한 어둠의 숲이 거기서 끝나 있었다.

잠시 피로한 몸을 쉰 나는 '오르자'하고 외치며 천천히 언덕길을 걸어오르기 시작했다.

얼룩덜룩한 한 마리 표범이 내 앞길을 가로막고 섰다. 날렵한 동작으로 내 눈앞을 오가는 것이, 아무래도 나를 앞으로 나아가지 못하게 하려는 것 같았다.

'돌아가자. 앞길을 가로막으니 내 어찌 나아갈 수 있으리……'

바로 그때, 해가 떠오르기 시작했다.

이 세상이 창조되고 모든 생명들이 태어난 그때처럼 찬란한 빛이 비치니, 별들은 제자리로 돌아가고, 모든 아름다운 것들이 숨결을 토해내기 시작했다. 부드러운 아침 햇살 속에서 세상의 모든 것이 제 모습을 드러내고, 짐승들의 얼룩덜룩한 털도 그 빛 속에서는 아름답게 비쳤다.

그러나……, '이제 살았다'하고 속으로 외치는 순간, 이번에는 커다란 사자가 눈앞에서 목을 늘어뜨리고 이빨을 드러내며 지금이라도 나를 덮칠 듯이 가로막고 서는 게 아닌가.

발길만 떼면

무서운 이빨을 드러내고 앞을 가로막는 짐승들

그저 두려움에 떨며 뒷걸음만 치는 나

굶주린 사자의 포효에 아침의 대기는 온몸을 부르르 떨었다.

그리고, 이번에는 늑대였다.

이 욕망의 화신과도 같은 여윈 짐승 때문에, 얼마나 많은 사람들이 고통스럽고 슬픈 삶을 살아야 했던가.

놈은 굶주림에 타오르는 눈길로 나를 노려보고 있었다. 그 순간, 나는 이제 모든 것이 끝장났음을 깨닫고 언덕길에 그냥 주저앉고 말았다. 혹시나 하는 한 줄기 희망마저 사라져버렸다는 슬픔이, 숱한 고통 속에서도 참고 또 참아 온 내 가슴의 둑을 무너뜨렸다. 눈물이 솟구쳤다.

그런 나의 슬픔과 절망도 아랑곳없이, 무자비한 야수는 나를 먹어치우기 위해 다가오고 있다.

한 걸음, 또 한 걸음 다가올 때마다, 나는 다시 그 어두운 숲의 계곡 쪽으로 뒷걸음질쳐야 했다. 바로 그때……

눈앞에 사람처럼 보이는 참으로 이상한 존재가 나타났다. 마치 그림 자처럼, 또는 벙어리처럼, 그는 말없이 서 있었다.

나는 외쳤다.

"제발 살려 주세요! 당신이 사람이건 그림자건, 살려만 주세요!"

나는 이제 사람이 아니라네. 물론 옛날에는 그랬지만. 부모님은 롬바르디아 출신으로, 만투아에서 살았었지. 나는 율리우스 황제 시절에 태어났다네. 현제 아우구스투스 치세하의 로마에서 태어났지만, 거짓과 위

●도입부에는 상징적인 표현이 많다. 깊고 어두운 숲은 종교적으로 깊은 죄를 나타낸다. 표범은 색욕과 무절제, 사자는 폭력과 권력, 늑대는 물욕과 음모이다. 또한 이 숲은 피렌체에서 추방당한 단테의 처지를 암시하는 것이라고 할 수도 있겠다. 여기서 단테는, 무엇이 자신을 곤경에 몰아넣었는지, 또한 그곳에서 탈출하려는 순간, 다시 자신의 앞길을 가로막는 것이 뭔지를 말하려 하고 있다. '빛'만이 그를 지탱해주는 유일한 구원이다.(이하 본문의 ●는 모두 엮은이의 주이다.)

선이 힘을 뻗치는 그런 시대가 되고 말았어. 그래서 나는 시인이 되어, 이리오니 성이 함락될 때 트로이를 떠나 방황하던 저 유명한 장수 안키세스의 아들 아이네이아스를 노래했었지. 이쯤이면 자네도 알게야. 그런데 자네는 왜 슬픔 속에 몸을 던지려 하는가! 왜 지복의 산을 오르려 하지 않는 게야! 바로 거기서 모든 기쁨과 행복이 시작되는데 말이야. 모든 것의 뿌리가 바로 거기에 있다는 걸 자네는 모른단 말인가."

"그렇다면, 당신이 바로 그 베르길리우스란 말인가요? 모든 언어의 샘, 아름다운 노래가 흐르는 원천을 이 세상에 남기신 그분. 세상의 시인들이 모두 찬양하는 그분. 시인이라면 마땅히 당신이라는 횃불을 들고 나아가야 할 그분. 저 또한 당신을 읽고, 배우고, 기쁨으로 생각하며 살아왔습니다. 시를 지을 때, 오로지 저는 당신 베르길리우스만을 빛으로 삼았습니다. 도와주세요, 베르길리우스 님. 저기 보이지 않습니까, 늑대가? 내가 뒷걸음질치는 것도 바로 저 짐승 때문입니다. 도와주세요, 나의 스승이시여. 저놈을 보는 순간, 내 몸은 얼어붙어 한 걸음도 옮길 수 없습니다."

베르길리우스는 울먹이는 나를 바라보며 중얼거렸다.

"아무래도 자네는 다른 길이 어울릴 것 같군."

"그렇게 두려워하고 눈물을 흘리는데, 어찌 그 야수가 그대 앞에서 떠

● 베르길리우스는 로마 시대 최고의 시인 중 한 사람이다. 그의 대표작 『아이네이아스』는 시인의 시조라 할 수 있는 호메로스의 『일리아스』와 『오디세이아』의 전통을 잇고 있다. 트로이의 영웅 아이네이아스가 성을 잃은 후, 온 세상을 방랑하고 명계冥界까지 가 본 후에 로마 건국의 시조가 된다는 이야기로, 베르길리우스는 만년의 십일 년을 이 작품을 위해 바쳤지만, 결국 미완성으로 끝나고 말았다. 유럽의 정신사에서는 예언자가 사상적인 선구자로서 매우 중요한 역할을 담당하는데, 역대 시성들 또한 그런 예언자의 계보에 속한다. 이 장면에서 베르길리우스의 확신에 찬 말도 예언자이기에 가능한 것이다. 단테의 『신곡』은 그런 예언자와 시인의 작품을 의식하면서 쓰여진 것이다.

왜 돌아보는가
왜 돌아보려 하는가
왜 지복의 산을 구하지 않는가
바로 거기서 모든 것이 시작되는데!

나겠는가. 오히려 두려움에 떠는 자네를 물어뜯어 죽일 것이야. 원래가 흉포한 놈이 아니더냐. 세상의 모든 욕심으로 뭉친 놈이니, 만족이란 것을 알 리 없지. 먹으면 먹을수록 더욱 굶주려 할 것이니. 놈에게는 수많은 동료가 있어. 그리고 앞으로 점점 그 수는 늘어만 갈 것이야. 사냥개가 나타날 때까지는…….”

“사냥개?”

“그렇다네. 언젠가는 위대한 사냥개가 나타나 놈들을 물어뜯을 것이야. 사냥개가 원하는 것은 토지도 아니고 황금도 아니라네. 지혜와 사랑, 그리고 힘이 그의 양식이니. 이탈리아의 신성한 골짜기에서 태어난 사냥개가 곤경에 처한 이 이탈리아를 구할 것이니. 사냥개는 늑대를 쫓아내고, 마침내 놈들을 그 소굴인 지옥으로 떨어뜨릴 것이니.”

“늑대는 지옥에서 온 것인가요?”

“그렇다네. 남을 질투하고, 시기하고, 저주하는 사람의 마음이 놈들을 지옥에서 이 세상으로 불러낸 것이야.”

베르길리우스는 그냥 멍하니 서 있는 나를 잠시 바라보다가, 이윽고 마음을 정한 듯 나에게 고했다.

“좋아, 단테. 아무리 생각해도 자네가 나아갈 길은 오로지 하나. 나를 따라오게. 내가 이끌어 주겠네. 내 자네를 끝이 없는 세계, 사후의 세계로 데리고 가겠네. 거기서 자네는 절망에 가득 찬 슬픈 울부짖음을 들을 것이야. 자신이 저지른 죄의 무게를 견디지 못하고, 다시 한번 죽여달라고 울부짖는 망자들을 보게 되리니. 그리고 또한, 언젠가 지복의 산에 오를 날을 기다리며, 기쁨과 희망에 불타오르는 혼을 보게 되리. 만일 자네가 원한다면, 그보다 더 위로 오르기를 원한다면, 거기 계신 보다 고귀한 분을 만나게 해 주겠네. 단테여, 나는 자네를 반드시 거기까지 데리고 갈 것이야."

그렇게 말하고 스승은 발걸음을 옮겼다. 나는 그 뒤를 따랐다.

벌써 해는 저물어, 대지 위에서 살아가는 모든 생명이 그날의 피로를 풀려고 잠을 청할 즈음, 나는 힘든 여행을 앞두고 마음을 다잡았다.

"모든 기억을 지워라. 눈을 똑바로 뜨고 바라보라……."

나도 모르게 큰 소리로 외치고 있었다.

"뮤즈여! 시의 신이여, 나를 지켜 주소서. 내가 바라본 모든 것을 고귀하고 청결하게 기록할 수 있는 언어를 주소서."

'내게 그런 힘이 있을까? 저 세상에 갔다가 다시 돌아올 수 있는 그런 힘이…….'

너무 두려워 나는 스승에게 말했다.

"스승이시여, 어떻게 생각하시나요? 제가 그 가혹한 여행길을 견뎌낼 수 있을까요? 당신께서 쓰신 각본을 보면, 아이네이아스는 살아 있는 모습 그대로 명계를 여행하고, 그 모든 것을 듣고 보고 돌아오지 않았습니까. 그리고 그분은 로마 건국의 시조이십니다. 성 파울은 지옥은 물론이고 천국까지 갔다 왔다고 하지만, 그분은 이 세상에서 가장 고귀한 성자이십니다. 그에 비한다면 저는 평범하기 짝이 없는 단테가 아닙니까. 저 같은 사람이, 어떻게 명계를 여행할 수 있다 하십니까? 제게 과연 그럴 자격이 있을까요? 어떤 증거라도 있는가요? 과연 살아서 돌아올 수 있을까요?"

너무 불안해서 나는 그 자리에서 모든 것을 포기하고 싶었다.

"두려운 게로구나."

베르길리우스는 조용한 목소리로 내게 말했다.

"인간이란 이렇게 불편한 존재로구나. 무슨 일만 있으면 겁을 먹고, 그림자에도 깜짝 놀라는 나약한 짐승과도 같구나. 고귀한 명예와 영광이 기다리고 있는데도, 겁이 나서 꼬리를 말고 도망치고 싶어 하다니. 그렇다면 내가 이야기를 해 주지. 쓸데없는 걱정은 그대의 앞길을 가로막을 따름이라네. 내가 왜 이곳에 왔는지를 이야기해 주겠네."

"사실은 베아트리체가 나를 이곳으로 보낸 것이야. 자네가 표범을 만나 겁에 질려 숲 속으로 다시 돌아가려 할 때, 그분은 그런 자네 모습을 보고 가슴 아파하며, 일부러 천국에서 연옥에 있는 나를 찾아와 자네를 도와 달라고 부탁한 게야."

"베아트리체가……."

"그렇다네. 자네가 이 세상에서 가장 사랑했던 사람, 젊어서 이 세상을 떠나, 지금은 지복의 천국에 계신 그분이 자네를 지켜보고 있다네. 단테여, 그래도 돌아가겠는가? 아니면, 또 다른 증거가 필요한가?"

"알겠습니다, 베르길리우스 님. 다시는 마음을 바꾸지 않겠습니다. 갈 것입니다. 앞으로. 새로운 결의가 솟구쳐 오릅니다. 스승이시여, 그대가 길을 안내해 주시기만 한다면, 저는 오로지 그 뒤를 따를 것입니다."

이렇게 하여 나는 새로운 길로 새로운 발걸음을 내딛게 되었다.

●베아트리체는 단테에게 뮤즈(시의 신)이기도 하면서 아프로디테(사랑과 미의 여신)이기도 한 여성이며, 힘의 원천이기도 하다. 그녀는 단테가 스물다섯 살 때, 젊어서 세상을 떠난 그의 조카로, 단테는 세상을 떠난 베아트리체에 대한 그리움을 삼년에 걸쳐 『신생新生』이라는 작품 속에 그렸다. 여기서 베르길리우스는 단테에게 자신을 보낸 사람이 천국에 있는 베아트리체이며, 그것을 권한 존재는 지고의 사랑이며 어머니이신 마리아와 빛의 성녀 루치아(Lucia)임을 밝힌다.
베르길리우스라는 위대한 존재가 나타나 자신에게 여행을 재촉하는 이유를 설명하고, 길을 이끌어 주리라고 약속하자, 단테는 망설임을 떨쳐버리고 그들과 자신을 믿으며 오로지 앞으로 나아간다.

나를 통하여 통곡의 거리로
나를 통하여 영원의 벌을
나를 통하여,
죄 많은 지옥의 백성이 모이는 거리에 이르리니
그 무엇도 내 앞에 없고
그 무엇도 내 뒤에 없으니

모든 희망을 버려라
내 문을 지나는 자여!

베르길리우스의 손을 잡고 나는
그런 무서운 말이 새겨진 지옥의 문으로 들어섰다.

어둠 속을 더듬으며 문을 지나자, 괴이쩍은 소리로 가득한 세계가 펼쳐졌다. 귀 기울여보니, 탄식하는 자, 신음하는 자, 갑자기 외치는 자들이 있었다. 그 모든 소리들이 암벽에 부딪치고 별 하나 없는 암흑의 하늘에 메아리쳐 하나의 거대한 천둥으로 귀를 때렸다.

베르길리우스가 말했다.

"저들은 이도 저도 아닌 중간지대에서 사는 놈들이지. 산 것도 아니고 죽은 것도 아니고, 신을 모시는 것도 아니고 신을 부정하는 것도 아니고, 그냥 멍하니 하루하루를 살아가는 놈들이라네."

"그런데, 그들은 지금 왜 탄식하고 있는가요?"

"천국에도 지옥에도 들어가지 못하고 있기 때문이야. 죽고 싶어도 죽지 못하는 신세라네. 벌거벗은 채 등에와 벌에 쏘여 퉁퉁 부어오른 몸에, 아무것도 보이지 않는 눈으로 눈물을 흘리며, 오로지 남을 저주만 하고 있는 거지. 자네는 놈들을 못 본 척하게."

스승의 뒤를 따라 서둘러 발걸음을 옮기자, 커다란 강이 나타났다.

그 강 건너편에서 은발을 나부끼며 한 노인이 큰 소리로 외치면서 쏜살같이 빠르게 배를 저어 이쪽으로 다가왔다.

"이런 나쁜 놈들, 다시는 하늘을 올려다보지 못하리라. 내가 너희들을 건너편 언덕으로 데리고 가리라. 불 속으로, 얼음 속으로, 어둠 속으로……."

베르길리우스가 말했다.

"저자는 지옥의 강을 지키는 카론이라네."

"뭐야, 넌? 살아 있는 놈이잖아! 빨리 돌아가. 여긴 죽은 자만이 올 수 있는 곳이란 말이야."

꼼짝도 하지 않고 서 있는 나를 보고 카론은 내뱉듯이 말했다.

"너를 태워 줄 배 따위는 없어. 다른 곳으로 가 봐."

"카론, 화내지 말고 내 말을 듣게. 이건 어떤 의지에 의한 것이라네. 더 이상 아무 말도 말게."

눈 주위에 새빨간 불꽃을 피워 올리며 화를 내던 카론도 베르길리우스의 말에 체념했는지, 그 분노를 죽은 자에게 퍼부어댔다. 노를 높이 치켜들고, 우물쭈물하는 망자들을 사정없이 내리치면서, 그들을 건너편 언덕으로 데리고 갈 배에 태웠다. 망자들의 절규가 사방을 가득 메우고, 땅을 뒤흔들고, 바람을 일으켰다. 그때, 갑자기 번개가 번쩍하자 나는 그만 의식을 잃고 말았다.

아무래도 나는 깊은 잠에 빠져든 듯했다. 잠시 후, 나는 쿠렁쿠렁대는 천둥소리에 놀라 다시 의식을 되찾았다.

나는 절벽 끝에 서 있었다. 끝도 없는 깊이로 이어지는 절벽이었다. 짙은 안개가 깔린 어두운 심연의 바닥에서 신음소리가 소용돌이치며 독기처럼 솟구쳐 오르고 있었다.

"여기는 지옥의 끝자락, 지옥의 심연이 시작되는 제일 영역이라네. 서둘러야 해. 갈 길이 멀어."

스승의 뒤를 따라 나는 제일 영역으로 발을 들이밀었다. 길가에는 수

많은 망자들이 있었으나, 그리 가혹한 형벌을 받는 게 아니어서인지 신음 소리도 들려오지 않았다. 다만, 한결같이 깊은 한숨을 내쉬고 있었다.

"그들은 세례를 받지 못했어. 개중에는 훌륭한 사람도 있지만, 믿음을 가지는 데 절대적으로 필요한 세례 의식을 받지 못한 게야."

"그렇다면 주 예수 그리스도 이전에 태어난 사람은 어떻게 되는가요? 개중에는 선량하고 위대한 사람도 있지 않은가요?"

"어느 때 어느 분이 이곳으로 오셔서, 아담과 아벨, 그리고 노아와 모세, 그리고 많은 영혼들을 데리고 지복의 길로 인도하셨다네. 잘 기억해 두게. 선량한 혼일지라도 그때까지 구원받지 못했음을. 따라서 일단 이곳으로 들어 온 이상, 그분이 오실 때까지는 위로 오를 희망이 없었다는 사실을."

그리고는 스승은 입을 다물었다.

숲 속 길을 나아가자 이윽고 어둠 속에서 밝은 빛이 비치는 곳이 나타났다. 커다란 나무 아래에는 어디를 보나 고귀한 영혼들이 모여 있었다. 사방에 가득 찬 빛은 아무래도 지성 있는 그 사람들이 뿜어내는 빛인 것 같았다.

●두 사람은 지옥의 문을 지나 삼도천三途川이라 할 수 있는 아케론을 건너, 마침내 황천으로 들어섰다. 지옥의 제일 영역은 변옥邊獄이다. 생전에 나쁜 일을 저지르지도 않았고, 덕망도 높았지만 이교도의 땅에 살았기에 세례를 받지 못한 사람들이 천국으로 가지 못하고, 숲이 울창한 이곳에 살고 있다.

"너도 저 사람들을 잘 알 것이다."

스승의 말이 떨어지자마자 그들 속에서 목소리가 들려왔다.

"베르길리우스, 여러분, 베르길리우스가 돌아왔어!"

그 중 네 사람이 우리 쪽으로 다가오자, 스승은 내게 그들이 누군지를 가르쳐 주었다.

"맨 앞에 선 사람은 시인의 왕 호메로스, 다음이 풍자시인 호라티우스, 오비디우스, 그리고 루카누스라네. 모두 시인으로, 내 친구들이지."

"그리고 이쪽은 단테라고 하네."

스승은 나를 네 사람의 위대한 시인들에게 소개해 주었다.

숲 건너편에는 성이 있고, 일곱 개의 작은 강, 일곱 개의 성벽으로 둘러싸인 성 안에는 역사에 남은 위인들이 살고 있었다. 가슴이 두근거리기 시작했다. 아리스토텔레스, 플라톤, 소크라테스를 비롯하여, 모든 현자들이 있었다. 나는 그들과 대화를 나누어 보고 싶었지만, 먼 길을 가야 할 몸이라 스승의 재촉을 받으며 성을 뒤로 하고 계곡으로 내려섰다.

"이놈들, 어서 자백하지 못할까! 어떤 나쁜 짓을 했는지를. 내가 모른

● 여기서 지옥의 구조를 간단히 설명하면, 지옥은 마치 분화구의 위에서 아래를 내려다보듯이, 어둡고 깊은 구멍 속에 여러 지옥이 계단식으로 자리 잡은 사발 같은 형태를 띠고 있다. 가장 깊은 곳이 최하층인 코키토스. 아케론이나 변옥은 가장 지표에 가까운 부분이다. 전체가 지하이기에 어둠으로 둘러싸여 있고, 코키토스에서 불어오는 차가운 바람이 소용돌이치고 있다. 또한, 아케론을 건널 때 단테가 정신을 잃은 것은, 그것이 가장 죽음에 가까운 상태이고, 또한 그렇게 하여 산 자의 의식을 일단 단절시키는 것으로 보인다. 단테는 앞으로도 새로운 단계에 접어들 때마다, 즉 죄의 깊이에 큰 차이가 있는 다음 단계로 나아갈 때마다 가사 상태에 빠져 지옥을 건너게 된다.

다고 생각하면 큰코다칠 줄 알아라. 네놈들에게는 어떤 벌이 어울릴까."

계곡으로 무서운 목소리가 울려퍼졌다. 그곳이 바로 지옥의 제이 영역의 입구였다.

"저게 바로 미노스야. 보아라. 저렇게 해서 한 사람 한 사람을 재판하는 거지. 그러다 마지막에는 저 꼬리를 채찍으로 삼아 망자의 몸을 내려치고, 그 꼬리가 몸에 몇 번 감기느냐에 따라 죄의 무게를 가늠한 다음, 망자들을 지옥으로 떨어뜨리는 거지."

"어이, 거기 어디로 가는 거야. 미쳤어! 누굴 따라 여기로 온 거야? 여기가 어딘 줄 알고!"

"화내지 말게, 미노스. 이 사람은 내가 보증하지. 절대로 손을 대면 안 돼. 이건 어떤 의지에 의한 거라네. 더 이상 묻지 말게!"

이렇게 하여 서둘러 계곡을 빠져나가자, 어디선가 세찬 바람이 불어왔다. 앞으로 나아갈수록 바람은 점점 강해지고, 그 바람에 실려 망자들의 탄식소리도 들려오기 시작했다.

거기에는 지옥의 망령들이 검은 바람에 날려가고 있었다. 바람은 잠시도 쉬지 않고 불어오고, 탄식과 절규, 그리고 신에 대한 저주의 목소리도 덧없이 바람에 실려 허공을 맴돌 뿐. 바람 피할 곳 하나 없는 황량한 허공에서 망령들은 무리를 지어 하늘을 나는 새처럼 바람과 함께 날려올라가 그저 허공을 떠돌고 있었다.

"저들은 정욕에 몸을 맡긴 자들이야. 이곳은 애욕 때문에 재앙을 불러들여 인생을 망친 자들을 심판하는 계곡이라네. 저건 남편을 죽이고 아시리아의 왕이 된 여제 세미라미스. 그 다음이 아이네이아스가 떠난 다음 스스로 목숨을 끊은 카르타고의 여왕 디도, 그리고 클레오파트라, 그 미

모로 트로이전쟁의 원인을 제공한 헬레네의 모습도 보일 것이야."

스승은 이렇게 한 사람 한 사람 애욕으로 세상의 삶을 버린 무수한 혼들의 이름을 들었다. 이야기를 들을수록 내 가슴은 찢어질 것 같았다. 눈을 들어 바라보니 망령들은 바람에 날려 손발을 제대로 움직일 수도 없는 지경이었다. 내 가슴에서 아픔이 이는 그 순간, 그 가운데서도 비교적 가벼운 바람을 타고 허공을 떠도는 두 사람의 모습이 눈에 들어왔다.

"베르길리우스 님, 저 두 사람과 이야기를 나누어 보고 싶은데요……."

"좀 더 가까이 올 때까지 기다려 보게. 가까이 오면 두 사람의 운명을 저렇게 만든 사랑을 향해, 마음속으로 말을 걸어 보게, 그러면……."

말이 끝나기도 전에 바람을 타고 두 사람이 다가왔다. 나는 마음속으로 두 사람을 불렀다.

'가련한 두 사람이여, 이리로 와서 말을 해 주시오, 이곳에 온 이유를, 나와 대화를 나누었다 하여 쓸데없는 벌을 받지 않는다면…….'

그러자, 날개로 바람을 가르는 비둘기처럼 재빨리 두 사람은 무리에서 벗어나 검고 더러운 공기 속에서 내 쪽을 향해 다가왔다.

"다정한 사람이여."
"상냥한 사람이여."
"검은 질풍 속에서 일어서서."

"더러운 대기를 물리치고."

"우리를 불러 준 사람이여."

"사랑의 불꽃에 마음을 맡기고."

"마침내 피로써 끝장을 보았다오."

"마음의 목소리로 부르는 사람이여."

"마음의 귀로 듣는 사람이여."

"나는 파올로."

"나는 프란체스카."

'그렇다면, 당신들이 지금까지 전해지는 그 비극의 주인공인가요!'

"나는 프란체스카. 부모의 계산과 나라의 뜻에 따라, 이웃나라 성주에게로 시집을 갔습니다."

"나는 파올로. 파혼을 당할까 두려워하는 형을 대신하여 내가 그 자리에 서게 되었습니다."

"우리는 한눈에 사랑에 빠지고 말았습니다."

"그러나 거짓의 의식儀式에 지나지 않다 하더라도, 나는 성주 잔초토의 아내가 된 몸. 파올로와는 이루어질 수 없는 사랑이었습니다."

"비겁한 사람이지만 형은 형. 내가 프란체스카를 사랑한 것은 형을 완

●파올로와 프란체스카의 비극적인 사랑은 단테의 시대에 실제로 있었던 일이라고 한다. 서로 사랑하기에 비극적인 최후를 맞이해야 했던 두 사람에 대한 단테의 애절한 마음은 『신곡』전체의 분위기에 영향을 끼치고 있다. 바람에 실려 서로를 끌어안은 채 영원히 허공을 맴돌아야 하는 그 모습은, 그들의 비련과 너무도 잘 어울린다. 이곳은 지옥의 제이 영역. 여기서부터 죄의 무게에 따라 점차로 무거운 벌이 가해진다. 누구를 어떤 지옥에 떨어뜨리느냐를 결정하는 것은 그리스 신화 속에서 크레타의 왕 제우스와 에우로페의 아들인 미노스이다. 여기서 그리스도교와 그리스 신화, 그리고 현실을 자신의 작품 속에 융합하는 단테의 뛰어난 상상력을 살펴 볼 수 있다.

파울로와 프란체스카

바람에 날려가면서도 언제까지고

서로의 사랑에 몸을 맡기고, 마침내 죽음을 불러들인 두 사람

끝도 없이 불어오는 바람에

그냥 온몸을 맡기고 날려가야 하는 바람 속

전히 무시함을 의미하는 것이었습니다."

"우리 둘은 타오르는 마음을 숨겨야 했습니다."

"그러나 억누르면 누를수록, 더욱더 활활 타오르는 사람의 불꽃을 어찌 하겠습니까."

"아더왕의 오른팔, 저 용맹한 전사 랜슬롯조차 아름다운 왕비에 대한 사랑을 끊지 못했습니다."

"우리는 어느 날, 잔초토가 외출했을 때."

"우리 둘이 함께 있을 때."

"그 사랑의 불꽃을 막을 수 없었습니다."

"잔초토는 격노하여."

"자신의 검으로."

"우리 둘의 가슴을 찔렀습니다."

너무나 슬퍼 몽롱한 정신으로 두 사람의 이야기를 들으면서, 나는 마음으로 말을 걸고 눈물을 흘리고, 서로를 지켜주려는 듯 애절한 눈길로 바라보며 바람에 실려 날아가는 두 사람을 보다가 어느새 의식을 잃고, 마치 죽은 사람처럼 그 자리에 쓰러지고 말았다.

얼마나 시간이 흘렀을까. 문득 정신을 차려보니, 나는 연기처럼 내리는 차가운 빗속에 있었다. 끝도 없이 내리는 빗속, 온통 진흙탕으로 변해

버린 대지. 거기서 역겨운 냄새가 풍겨나고 있었다.

"이곳이 지옥의 제삼 영역이야. 게걸스럽게 음식을 탐한 자들이 떨어지는 지옥이지. 보게, 저 괴수를. 케르베로스. 입 하나로 만족할 수 없어, 세 개의 입으로 닥치는 대로 먹어치우는 모습을. 물론 죄인들이 저놈의 먹이가 되는 거지. 저 발톱을 보게. 저 발톱으로 죄인의 몸을 갈갈이 찢어발겨, 누구든 저놈 앞에서는 하릴없이 먹이가 되고 마는 게야."

그렇게 말하면서 베르길리우스는 썩은 진흙을 한 움큼 쥐어 케르베로스의 입 쪽으로 던졌다. 괴수가 썩은 진흙을 씹어 삼키는 동안, 우리는 진흙탕 위에 쓰러져 있는 망자들의 몸을 건너뛰며 갈 길을 서둘렀다.

망자들은 한결같이 차가운 비를 맞으며 땅 위를 기고 있었다. 그 가운데 한 사람이 나를 보더니 몸을 일으키고, 손가락으로 내 얼굴을 가리키면서 이상한 말을 했다.

"어이, 자네. 마침내 이곳으로 왔구만. 나를 모르겠는가? 사람들이 돼지라고 부르던 치아코라네."

"기억나지 않아. 처음 보는 얼굴인 것 같은데. 어떻게 나를 아는가? 그건 그렇고, 자네가 받는 이 벌은 너무 불쾌해. 아무리 무거운 벌이라도 이보다는 더 비참하지 않을 게야."

"무슨 소릴! 나만이 아냐. 나와 자네가 사는 피렌체라는 도시는 이 세상의 모든 욕망이 꿈틀대는 곳이 아니던가. 거기서 온 많은 놈들이 지옥으로 떨어졌어. 앞으로 올 것이고. 더 아래로 떨어진 놈도 있지."

"앞으로…… 또 온다고! 자네는 미래의 일을 아는가? 그렇다면 말해주게. 내가 사는 도시의 미래를!"

"많은·다툼이 있을 것이고, 우여곡절 끝에 백파가 흑파를 물리칠 거야. 삼 년의 세월이 지난 후, 백은 쇠퇴하고, 흑은 두 가지 색깔을 마음껏 주무르는 자의 도움을 받아 모든 반대 세력을 억누르고 번성할 것이야. 그러나 정의에 불타는 두 남자만이 절대로 넘어가지 않을 것이야. 그리고 오만, 질투, 탐욕이 도시의 마음을 휩쌀 거라네. 그 이상은 그만 두자구. 말하고 싶지도 않아."

거기까지 말한 남자는 활짝 뜬 눈으로 나를 응시하더니 진흙탕 속에 쓰러져 사라져버렸다.

스승이 말했다.

"천사의 나팔 소리가 들려올 때까지, 그는 다시 일어날 수 없을 걸세. 다시 육체를 얻어 태어날 때가 최후의 심판의 날이라네."

나는 악취가 떠도는 진흙탕과 망자 위를 넘어가면서, 문득 솟구치는 의문을 입에 담았다.

"베르길리우스 님, 최후의 심판 이후, 망자들의 고통은 줄어드는가요, 아니면 더 늘어나는가요? 아니면 지금 그대로인가요?"

"육체를 얻어 다시 태어나는 만큼, 적어도 지금보다는 완전에 접근할 테지. 그리고 완전에 다가가면 갈수록 즐거움도 고통도 보다 강렬하게 느끼게 된다네. 자네도 벌써 잘 아는 사실일 테지만."

우리는 그런 대화를 나누면서 더 아래로 발길을 옮겼다.

파페 사탄 파페 사탄 알레페!(Pape Satan, pape Satan aleppe!)

지옥의 제사 영역의 입구에서는 플루토(그리스 신화에 나오는 지옥의 왕 하데스의 다른 이름 – 옮긴이)가 큰 소리로 의미도 알 수 없는 말을 반복하고 있었다. 스승이 그 덩치에게 일갈했다. 겁을 먹고 몸을 움츠리는 플루토의 모습을 눈꼬리에 담은 채 우리는 제사 영역으로 내려섰다.

거기에는 많은 사람들이 잠시도 쉬지 않고 커다란 바위를 혼신의 힘을 다해 밀고 있었다. 오른쪽에서 왼쪽으로 굴리는 자가 있는가 하면, 왼쪽에서 오른쪽으로 굴리는 자도 있었다. 무리를 지어 바위를 굴리며 나아가는 망자들의 수에 비한다면, 그 길은 너무도 좁았다. 서로 길 한복판에서 부딪치기도 하지만 아무도 길을 양보하려 하지 않는다. 화를 내고, 고함을 친다. 이윽고 길의 끝에 이르면 뒤로 돌아서 다시 서로 부딪치고 욕을 해대면서 바위를 굴린다. 보기만 해도 가슴이 찢어질 듯이 아파서, 도와주고 싶어 베르길리우스 쪽을 돌아보며 말했다.

"저들은 대체 뭘 하고 있는가요? 무슨 죄를 저지른 것입니까?"

"놈들이 서로 욕을 하는 소리를 들어보면 알 수 있지 않느냐. 돈을 모으기만 한 자, 낭비한 자……. 놈들은 모두 구두쇠거나 낭비가였어. 돈으로 운명을 살 수 있다고 생각한 결과가 바로 저것이야. 운명의 여신이 돌리는 바퀴는 너무도 경쾌하게 돌아가는데도……."

많은 사람들의 목소리가 마구 뒤섞여 알아들을 수 없었지만, 스승의 말을 듣고 난 다음 자세히 귀를 기울여보니 그들이 하는 말을 알아들을 수 있었다.

그들은 서로, 돈은 왜 모아! 돈은 왜 써! 하고 다투고 있었다. 스승의 재촉으로 나는 더욱 깊은 영역으로 내려갔지만, 미친 듯한 욕설과 고함소리가 아직도 귓가에 맴돌고 있었다.

"돈은 왜 모아, 돈은 왜 써……."

우리는 이윽고 스틱스(styx : 그리스 신화에 나오는 저승 앞을 흐르는 강, 또는 강의 여신 - 옮긴이)라는 늪에 이르렀다. 거무스름하게 오염된 늪에는, 뻘을 뒤집어 쓴 많은 사람들이 의미도 없는 음침한 소리를 내고 있었다. 또한 끝도 없이 펼쳐진 검은 늪의 사방에서 들려오는 신음소리가 탁한 거품이 되어 늪의 표면을 뒤덮고 있었다. 모두 벌거벗은 채로 몸에는 더러운 뻘이 범벅이 되어 있었다. 얼굴은 분노로 뒤틀려 있고, 닥치는 대로 싸우고 있었다. 주먹으로 치고, 발로 차고, 머리로 박고, 이로 물고, 상대를 뻘 구덩이 속으로 밀어 넣으려 하고 있었다.

"저들은 분노 때문에 제정신을 잃은 사람들이야. 잘 보게. 뻘에 잠긴 자들의 탄식과 신음이 거품이 되어 수면을 덮고 있지 않은가. 들어 보게. 온 사방에서 탄식과 신음을 뱉어 내는 자들의 숨결이 거품이 되어 늪의 바닥에서 솟아오르는 소리를."

"슬펐다. 언제 어디에 있어도, 저 밝은 태양의 아래에서조차, 저 부드러운 대기 속에서도. 언제, 어느 곳에서나, 그리고 지금 더러운 뻘 속에서도……."

짓눌려 찌부러지는 듯한 소리의 거품이 하나, 또 하나 떠오르는 늪 주

위를 걸어가던 우리는, 이윽고 저편에 하나의 탑이 보이는 곳에 이르렀다. 갑자기 탑 위에 불이 켜지고, 그것을 신호로 저편에서 뭔가가 검은 늪을 가로질러 화살처럼 빠르게 다가왔다.

그것은 배를 탄 플레기아스였다. 미친 듯이 분노하여 아폴론의 신전을 불태워버린 플레기아스는 스승의 설명에 의하면, 그 죄로 인하여 지옥에 떨어졌지만, 미쳐 날뛰는 데는 아무도 따를 수 없는 그 격렬한 성격을 높이 평가받아, 지금은 이 늪의 두목으로 활약하고 있다고 한다. 보다 무거운 죄인을 건너편으로 옮기는 것이 그의 임무인 것 같았다.

"이런 나쁜 놈들! 드디어 왔군, 쓰레기 같은 놈들⋯⋯."

플레기아스는 나를 보자마자 큰 소리로 외쳤다. 그 목소리와 귀신 같은 얼굴을 대하면, 누구든 그 자리에 얼어붙고 말 것이다. 그러나 베르길리우스는 표정 하나 바꾸지 않고 말했다.

"플레기아스, 어이, 플레기아스, 소리를 좀 죽이게. 자네는 그냥 우리를 저편으로 데리고 가기만 하면 돼."

생각지도 않은 목소리에 놀란 플레기아스는 대체 누구냐고 그 목소리의 주인공을 찾더니, 그것이 베르길리우스라는 사실을 알고는, 솟구쳐 오르는 분노를 죽이려는 듯 입을 다물고 다른 곳으로 눈길을 돌리고 말았다. 마음이 강철보다 강한 스승은 가볍게 배로 뛰어올랐고, 나는 겁먹은 발길로 그 뒤를 따랐다.

●탐욕의 죄를 심판하는 제삼 영역, 구두쇠와 사치를 심판하는 제사 영역을 지나, 단테와 베르길리우스가 이른 곳은 분노와 불만으로 제정신을 잃은 자들의 불평불만, 잔소리, 욕설 따위가 더러운 뻘이 되어 펼쳐져 있는 스틱스 늪에 잠겨 있는 제오 영역이었다. 여기까지가 지옥의 상층부로, 말하자면 개인적인 감정에 좌우되어 인생을 살아온 자들의 지옥이다. 이 늪을 경계로 지옥은 보다 무거운 죄인들을 심판하는 하층으로 이어진다.

플레기아스가 젓는 배는 뻘과 망자들이 뒤범벅이 된 스틱스의 늪 위를 미끄러져 앞으로 나아갔다.

갑자기 뻘투성이 망자의 뒤편에서 목소리가 들려왔다.

"너는 누구냐? 시간은 아직 너를 부르지 않았을 텐데?"

"쓸데없는 간섭은 말게. 누가 이런 데 있겠다고 하더냐. 그냥 지나가는 나그네야."하고 베르길리우스가 말했다.

"잠깐만! 나를 좀 봐 줘. 내가 울고 있잖은가. 이렇게 흐르는 눈물이 보이지 않는가?"

눈물인지 뻘인지 모르겠지만, 그 시커먼 얼굴은 어디선가 본 기억이 있었다. 부와 권력을 믿고 피렌체 거리를 거들먹거리며 활보하던 어깨, 필리포 아르젠티였다.

나도 모르게 고함을 치고 말았다.

"닥치지 못할까, 이 악당! 너 같은 놈은 뻘과 눈물의 늪에서 영원히 신음하는 것이 당연해."

놈은 그래도 미련을 떨치지 못하고 배 위로 오르려 했지만, 베르길리우스는 일갈하며 그자를 뻘 속으로 내동댕이쳐 버렸다.

"빨리 사라지지 못할까! 개는 짐승들 속에서 살아야 해!"

서로에게 욕지거리를 하며 뻘 속으로 잠겨드는 스틱스의 늪.

배는 천천히 앞으로 나아갔다.

"드디어 디스의 거리에 왔다네."하고 스승이 말했다.

배가 언덕에 닿자 저편에 거대한 성이 모습을 드러냈다. 붉고 타오르는 듯한 하늘에 이교도의 탑이 높이 솟아 있었다.

"죄인을 불태우는 영겁의 불이라네. 그 불이 하늘을 발갛게 물들이고 있는 게야."

강철 같은 성벽 주위를 무수한 망자들이 둘러싸고 있었다.

그들을 나를 보자 약속이나 한 듯이 욕을 퍼붓기 시작했다.

"너는 뭐야! 죽지도 않은 놈이 왜 여기서 어슬렁거려."

제지하려는 베르길리우스를 무시하고 그들은 계속 고함을 쳤다.

"넌 빨리 가기나 해. 그러나 저놈은 안 돼. 바보 같은 자식, 사자의 나라에 들어오다니, 넌 빨리 돌아가. 과연 살아 돌아갈 수 있을까? 이런 곳에 저런 놈을 데리고 오다니, 넌 이곳에 남아."

그런 말을 들었을 때의 내 심경을 누가 알아줄 수 있을까. 베르길리우스 없이 나 혼자였더라면, 절대로 지상으로 돌아갈 수 없었을 것이다. 나는 갑자기 마음이 약해지고 말았다.

"제발, 스승님, 저를 버리지 말아주세요. 더 이상 앞으로 나아갈 수 없다면, 우리 빨리 돌아가요."

"두려워하지 말라. 걱정일랑 접고 여기서 기다리게. 내가 결판을 짓고 올 테니."

그렇게 말하고 베르길리우스가 그들 쪽으로 다가가서 두세 마디 하자, 그들은 바람처럼 달려 성 안으로 도망치더니, 눈 깜짝할 사이에 성문을 굳게 닫아버렸다.

"내가 이 거리에 들어오는 걸 감히 가로막으려 하다니……."

한숨을 쉬면서 돌아온 베르길리우스는 문득 멈춰 서서 닫힌 문을 바라보며 작은 목소리로 중얼거렸다.

"이럴 리가 없는데…… 약속을 해두었는데, 왜 빨리 오지 않는 거야!"

스승이 그런 표정을 보인 것은 처음이었다. 나는 애써 두려움을 감추며 말없이 서 있었다. 스승은 그런 내 마음을 읽었는지, 상냥한 목소리로 말했다.

"죽지도 않고 악인도 아닌 사람이 이 거리를 지나려면 그만한 고생이……."

말이 끝나기도 전에 불꽃이 이글거리는 탑 위에서 세 명의 복수의 마녀가 온몸을 붉은 피로 물들이고, 하늘에서 내려섰다. 분노로 마구 뒤엉킨 뱀으로 된 머리칼을 휘날리며 세 마녀는 큰 소리로 외쳤다.

"자, 이리로 오너라, 메두사! 저놈들을 돌로 만들어 버려!"

간발의 틈도 두지 않고 베르길리우스의 목소리가 터져 나왔다.

"눈을 감아! 얼굴을 숨기고! 메두사의 모습을 보면 돌이 되고 말아. 다시는 지상으로 돌아갈 수 없게 돼."

이윽고 무시무시한 소리를 내면서 뭔가가 늪 위를 질풍처럼 다가오는 기색을 느낄 수 있었다. 나는 두 눈을 꼭 감고 스승의 손을 잡고, 몸을 숙이고 있었다. 이윽고 베르길리우스는 그런 나의 어깨를 툭툭 치더니, 나를 감싸고 있던 손을 풀었다.

"보아라. 그렇게 두려워 할 존재가 아니었어."

눈을 들어보니 거기에는 찬란한 빛을 발하는 천사가 위엄에 가득 찬 표정으로 성문 부근에 숨어 이쪽을 살피는 악마들을 노려보고 있었다. 아

무래도 베르길리우스가 기다린 존재가 바로 이 천사인 것 같았다.

"몇 번이나 말을 해야 알아들어! 또 벌을 받아봐야 알아듣겠다는 게야!"

천사의 말에 망자들은 몸을 웅크리고, 쥐구멍이라도 찾는 듯이 사방을 두리번거렸다. 천사가 손에 든 지팡이로 한번 내리치자, 성문은 소리도 없이 열렸다.

우리 두 사람은 이렇게 하여 지옥의 두 번째 문으로 들어섰다.

그 안에는 무수히 많은 묘가 있고, 모든 묘의 뚜껑이 열려 그 안에서 화염이 솟아나고 있었다. 그리고 묘만큼 많은 수의 망자가 고통스런 신음소리를 내고 있었다.

"스승님, 이 거리에는 어떤 죄인이 있습니까?"

"모두 이교도들이거나, 신의 올바른 가르침을 어긴 망자들이라네. 놈들은 뜨거운 남국에서 와서, 우리의 성스러운 토지를 이교의 신앙으로 더럽히고, 그 더러운 발로 짓밟았지. 또는 올바른 가르침을 받았음에도 불구하고 가야 할 길을 거역하고 세상을 더럽혔다네. 그러므로 영원히 묘속에서 불꽃에 타올라야 하는 게야."

　　뜨거운 모래 속, 불타는 무수한 무덤
　　신을 거역한,
　　이교도의 무덤
　　불을 뿜어내는 구덩이에 몸을 묻었네

우리는 열과 연기와 악취가 가득 찬 성 안에 들어서서, 화염을 피하면서 앞으로 나아갔다. 길은 아래로 이어지고, 눈 아래로 펼쳐지는 무수한

불꽃만이 어둠에 떠올라 끝도 없이 이어지고 있었다.

성 안을 걸은 지 얼마 되지 않아, 유달리 커다란 불길이 솟구치는 무덤 곁을 재빨리 지나치려 할 때, 나를 부르는 목소리가 들려왔다.

"한 마디 말도 없이 살아서 이 땅을 지나려는 자여, 발걸음을 잠시 멈추어 주지 않겠는가. 아까 그대의 고귀한 목소리의 울림을, 지금 다시 한 번 들려 줄 수 없겠는가, 저 피렌체의 말을."

목소리의 주인공은 파리나타(Farinata : 기벨린 당에서 활약한 정치가. 단테가 태어나기 한 해 전인 1264년에 죽었다 - 옮긴이)였다. 몬타페르티 전투에서 우리 당은 그가 이끄는 기벨린(Ghibelline) 당에게 패배하고 말았다. 그들은 우리 구엘프(Guelf) 당을 일소하자, 그 아름다운 피렌체의 거리에 불을 지르려 했다. 오로지 한 사람, 그 악행을 제지한 사람이 바로 파리나타였다. 타오르는 무덤에서 몸을 일으키고, 그는 가만히 가슴을 폈다. 지혜로운 장수 파리나타는 그 자신이 살고 있는 지옥을 흘겨보듯 하면서 당당히 서 있었다.

"네 이름을 말해 보아라."

"나는 단테 알리기에리. 구엘프 당의 고귀한 피를 이어받은 몸이오."

"오, 우리들에게 추방당한 그 일족인가……. 사람을 이끄는 것이 얼마나 어려운지, 세상과 시대의 흐름을 넘어서는 것이 얼마나 어려운 일인지, 그대도 언젠가는 알게 될 게야. 바라건대 자네가 다시 현세로 돌아갈 수 있기를……."

"당신의 자손에게 평화가 있기를."

나는 그렇게 대답하고 그 자리를 떠났다.

나는 스승의 뒤를 따라 더욱 아래로 내려갔다. 점차 길은 험해지고,

이윽고 절벽에 이르러 그 땅은 바닥 없는 심연으로 이어졌다.

아래에서 피어오른 연기가 사방에 가득하고, 솟구치는 악취 때문에 현기증이 일었다.

"잠시 익숙해질 때까지 쉬도록 하세."

스승은 나를 바위 뒤로 데리고 가서 피로한 몸을 쉬게 했다. 그리고 앞으로 펼쳐질 지옥 하층부의 구조에 대해 설명하기 시작했다.

"자네는 벌써 제육 영역까지를 보았네. 디스의 거리에서 문을 통과한 지점부터가, 어떤 형태로든 신의 뜻을 거역한 자의 지옥이라네. 제육 영역은 올바른 길을 걷지 않은 자들의 지옥이야. 앞으로 보게 될 제칠 영역은 폭력을 휘두른 망자들이 있는 곳이지. 제칠 영역은 세 개의 층으로 나뉘어져 있는데, 제각기 다른 종족 사회에서 폭력을 휘두른 망자들이 세 가지 다른 벌을 받고 있다네. 그리고 각 층은 제각기 몇 개의 작은 계곡으로 나뉘어져 있어."

"아주 복잡하게 되어 있군요."

"죄인의 수도 범한 죄의 종류도 그만큼 많기 때문이지."

생각 없이 내뱉은 내 말이 부끄러워 나는 그만 입을 다물고 말았다.

"제칠 영역의 제일층에는 신이나 다른 사람이나 물건에 대해 폭력을 휘두른 자, 즉 신을 모욕했거나, 사람을 죽였거나, 스스로 목숨을 끊은 자들이 각자의 계곡에서 영원히 고통을 받고 있어. 제이, 제삼의 층은 그때마다 설명을 해주도록 하지. 자, 이제 내려가세."

제칠 영역의 입구에는 괴수 미노타우로스가 드러누워 있다가, 우리를 보자마자 갑자기 자신의 손목을 깨물었다. 마침내 찾아 헤매던 먹잇감을 발견한 짐승처럼, 다급한 마음에 그 괴물은 앞뒤 가릴 여유도 없는 것 같

았다.

"무슨 생각을 하는 게야, 이 괴물! 너를 죽인 아테네의 왕이라도 온 줄 알았더냐. 빨리 사라지지 못할까! 아테네의 왕에게 너를 죽일 수 있는 방법을 가르쳐 준 게 누구인지 아느냐? 너의 여동생이다. 그러나 그건 아무래도 좋은 일. 우리가 여기 온 것은 너의 고통을 살펴보기 위해서다!"

베르길리우스의 거칠고 도발적인 말에 화가 난 괴물은 성난 황소처럼 손발을 크게 펼쳤다. 그 순간의 틈을 노리고,

"지금이다, 바위 사이로 달려!"하고 베르길리우스는 외쳤다.

나는 죽을힘을 다해 달렸다.

그렇게 하여 우리는 지옥의 제칠 영역 제일층, 그 가운데에서도 생전에 타인에게 폭력을 휘두른 망자들이 벌을 받고 있는 계곡이 내려다보이는 언덕에 섰다.

아래를 내려다보니, 크고 넓은 계곡에 펄펄 끓어오르는 피의 바다가 펼쳐져 있었다.

●지옥의 하층은 성벽으로 둘러싸여 있고, 그 성문을 지나 안으로 들어서면 디스라는 시가지가 나오고, 그곳이 바로 제육 영역이다. 이곳은 이단자나 올바른 길에서 벗어난 망자들을 벌하는 지옥이다. 단테의 정적 파리나타도 거기에 있다. 『신곡』에는 단테를 곤경에 빠뜨린 사람들이 곳곳에 등장하는데, 비록 자신의 적이긴 하지만 의연한 태도를 가진 사람에 대해서는 존경을 표하고 있다. 적이지만 훌륭한 점은 인정하는 단테의 자세를 엿볼 수 있다. 또한 미노타우로스는 미노스 왕의 아내 파시파에가 황소와 관계하여 낳은, 머리는 소이고 아래는 사람인 괴물이다. 미노스는 다이달로스에게 한번 들어가면 절대로 나올 수 없는 미궁을 만들게 하여, 그 안에 미노타우로스를 가두었다.

사람을 괴롭힌 자의 피.
마음껏 폭력을 휘둘렀던 그자들의 피가
펄펄 끓어오르는 바다.
언덕에는 일천이 넘는 켄타우로스가 지켜 서서,
앞을 다투어 화살을 날리네.

그 계곡은 깊은 숲이었다. 숲이라고는 하지만, 푸른 이파리 하나 달리지 않은 벌거숭이 나무들뿐이었다. 어쩌다 눈에 띄는 바람에 날리는 메마른 나뭇잎도 시커멓게 변색되어 금방이라도 떨어질 것 같았다. 기묘하게 뒤틀린 나무들의 숲. 제각기 종류가 다른 나무들. 이렇게 많은 나무가 있으니, 개중에는 열매라도 하나 매단 것이 있지 않을까 하고 사방을 둘러보았지만, 말라 비틀어진 나무들만 끝도 없이 펼쳐져 있을 따름이었다. 다만, 나무들 사이에서 괴조怪鳥 하르피아만이 우리 쪽을 멀뚱히 바라보고 있는 것이 눈에 띄었다. 괴수의 울음소리가 때로 숲에 메아리쳐 숲의 분위기를 한층 을씨년스럽게 하고 있었다.

"놈들은 걸리는 건 모두 파괴하고 말아. 하르피아는 아무리 작은 희망의 싹이라도 놓치는 법이 없어. 하나 남김없이 찾아내어 짓밟아버리지."

"스승님, 아까부터 마음에 걸려 견딜 수가 없습니다. 이 땅의 바닥에서 울려오는 듯한, 또는 어디 먼 곳에서 바람에 불어오는 듯한, 귓가에 속삭이는 듯한 이 신음소리는 대체 무엇인지요? 목소리의 주인공은 아무래도 하르피아는 아닌 것 같습니다."

너무 무서워서 스승의 설명을 듣는 둥 마는 둥 했던 내가 그렇게 묻자, 내 속을 훤히 들여다보는 베르길리우스가 대답했다.

"단테, 거기 마른 가지를 한번 꺾어 보게나."

스승이 시키는 대로 나는 나뭇가지를 꺾었다.

"아얏! 왜 꺾어!"

갑자기 비명이 들려왔다. 꺾인 가지 끝에서 피가 배어나왔다.

"그만 두지 못해! 너에게는 동정심도 없단 말이냐. 그건 내 손가락이
야!"

피와 함께, 꺾인 가지에서 말이 터져 나왔다.

"여기는 스스로 목숨을 끊은 자의 지옥, 이렇게 메마른 나무가 되어
하릴 없이 살아가야 하는 곳. 어쩌다 부러져 땅에 떨어진 가지는 다시는
제자리로 돌아갈 수 없다네."

너무도 처참한 광경에, 연민과 자책심이 내 마음을 뒤흔들어, 나는 할
말을 잃고 그 지옥의 나무들처럼 망연히 그 자리에 서 있었다.

그러자 이번에는 그런 나의 마음을 짓밟으려는 듯이, 고함을 지르면
서 벌거벗은 두 남자가 나뭇가지를 닥치는 대로 부러뜨리면서 우리 쪽으
로 다가왔다. 뭔가에 쫓기는 것 같았다. 그 뒤를 보니, 개 떼가 쫓아오고
있었다. 갈 곳을 잃은 두 남자가 상처 난 몸으로 도망갈 곳을 찾아 몸부림
칠 때마다 무수히 많은 가지들이 부러져 바닥에 떨어졌다. 그들은 그 가
지를 밟으며 헤맸다. 그러나 개들은 이윽고 남자를 발견하고는 사정없이
물어뜯어 그 자리에서 먹어치워 버렸다.

"여기는 자살자만 있는 게 아니라네. 자신의 집이나 도시, 그리고 자
산을 모두 낭비하고 파멸시킨 자들도 이 지옥에 떨어지지. 자, 서둘러야
해. 갈 길이 멀어."

불덩이가 떨어지네,
타오르는 대지 위에 불덩이가 떨어지네
신과 자연의 뜻을 거스른 자들이
뜨거워 몸부림치는 대지 위에
불덩이가 떨어지네

지옥의 제칠 영역의 제일층, 세 개의 계곡은 신의 뜻을 거스른 자, 자연의 이치를 배반하고 쾌락에 탐닉한 자들의 지옥이었다.

망자들은 벌거벗은 채 뜨거운 모래 위에 뒹굴며 고통을 이기지 못하고 울부짖고 있었다. 하늘에서 내리는 불의 빗속을, 맨발로 걸어가는 망령들. 한번 쓰러지면, 그로부터 백 년 동안, 같은 자리에서 뜨거움에 몸부림쳐야 하는 그들.

아비규환의 열사지옥을 벗어나, 우리는 제팔 영역으로 향했다.

제칠 영역에서 흘린 피와 눈물이 강이 되어 흘러내리는 그 길을 따라 우리는 아래로 향했다.

나는 그 뜨거운 모래 속에서 불에 데어 흐물흐물한 얼굴에 눈물을 흘리며, 나를 보고 반가워 말을 건넸던 브루네토 라티니 선생님을 떠올리고 있었다. 그 훌륭하신 선생님은 뜨거운 모래 지옥 속에서도, 나의 앞길을 염려하면서 격려해주었다. 나는 선생님이 마지막으로 내게 한 그 말을 몇 번이나 속으로 되뇌면서 걸었다.

"아무리 더러운 대지라도, 움트는 새싹은 더없이 청결하고, 활짝 핀 꽃은 아름다운 법이라네. 조심하게, 단테. 자네를 잡아채려 하는 그 힘들로부터 몸을 지키도록 하게. 내가 살아만 있다면 자네의 힘이 되어 주련만……. 그러나, 사랑하는 제자여, 나는 언제까지고 자네에게 심어 준 그 지식 속에 살아 있다네."

'신의 섭리란 무엇일까? 인간의 길이란 무엇일까?'

그런 상념에 잠겨 나는 묵묵히 걸었다. 베르길리우스는 아무 말도 하

지 않았지만, 나는 그렇게 훌륭하신 선생님이 왜 지옥에 떨어졌는지를 알고 있다. 현세와 인간의, 그리고 여자에게 절망한 선생님은 스스로 소돔의 잔치에 몸을 더럽히고 만 것이다.

문득 제칠 영역이 끝났다. 눈물의 강이 소리를 내며 깎아지른 절벽에서 나락으로 떨어져 내렸다. 이제 어떻게 앞으로 나아가지, 하고 생각하고 있는데, 마치 그림자처럼 침묵을 지키고 있던 베르길리우스가 입을 열었다.

"걱정하지 말게. 내게 다 생각이 있으니. 저걸 봐."

스승의 손가락을 따라 눈길을 돌려보니, 바위 사이에서 거대한 뱀의 꼬리를 단 괴수가 바람을 일으키며 날아왔다. 처음에는 새인 줄 알았지만 아니었다. 온몸에 짐승처럼 긴 털이 덮여 있는데, 그 털이 페르시아 풍의 기묘한 문양을 그리고 있었다. 날개는 박쥐를 닮았고, 용처럼 꼬리를 마는 모습은 너무도 괴수에 어울렸다.

그런데 그 괴수가 조금도 무서워 보이지 않는 것은 아마도 선량해 보이는 그 얼굴 때문일 것이다. 스승에 의하면, 이 괴물은 성벽을 비롯하여 무기라는 무기는 닥치는 대로 부숴버리는 것이 취미라고 한다. 그러나 결국에는 세계를 모두 썩게 만들어버린다고 한다.

"게리온!"

●두 사람은 지옥의 제칠 영역을 지났다. 제칠 영역은 세 개의 계곡으로 나뉘어져 있고, 첫 번째 계곡은 생전에 남에게 상처를 입힌 자의 지옥으로, 여기서는 죄인이 피의 바다 속에 잠겨 얼굴만 수면으로 내놓은 채 화살을 맞아야 한다. 두 번째 계곡은 자살자, 자신의 집과 도시, 그리고 나라를 파멸시킨 자의 지옥이고, 세 번째 계곡은 자연의 섭리에 반한 자의 지옥으로, 제각기 그 죄에 어울리는 벌을 받고 있다. 또한 구약성서에 나오는 허영과 쾌락의 도시 소돔은, 신의 분노에 의해 불의 비로 멸망하고 말았다. 그래서 소돔은 부자연스럽고 작위적인 쾌락, 또는 남색을 상징하는 말이 되었다.

스승은 괴수를 불렀다.

"우리를 등에 태워 주지 않겠는가?"

그렇게 말하면서 베르길리우스는 게리온에게 다가가 아무런 주저도 없이 등에 올라타서는 나를 불렀다. 나는 조심조심 다가가서 괴물의 등에 타고, 베르길리우스의 옷자락을 꼭 잡았다. 그러자 스승은 외쳤다.

"날아라, 게리온!"

스승의 말이 떨어짐과 동시에 괴수는 하늘로 날아올라, 허공에서 크게 원을 그리더니 천천히, 마치 자신의 비행술을 자랑이라도 하려는 듯 바위 사이로 높이 올라가서 다시 크게 원을 그렸다.

"쓸데없는 짓은 마, 게리온!"

스승의 말에 괴물은 날개를 접더니 바위와 바위 사이로 음침하게 입을 벌리고 있는 나락의 계곡으로 바람을 타고 내려가기 시작했다.

제팔 영역은 계단식으로 아래로 향하여 원형을 이룬 열 개의 형장으로 되어 있었다. 거기에는 둥글게 입을 벌리고 지옥의 바닥으로 떨어지는 구멍 주위를 아래로 아래로 감싸며, 제각기 열 개의 구덩이가 파여 있었다. 열 가지 다른 종류의 죄와 그것을 심판하는 형장은 그 구덩이의 이름을 따서, '사악한 구덩이'라 불렸다.

첫 번째 사악한 구덩이에서는 여자 장사를 했던 자들이 있는데, 여자를 속여서 팔아넘긴 죄로 뿔이 난 귀신들에게 채찍을 맞고 있었다.

두 번째 사악한 구덩이에는 아첨꾼들이 있었다. 권력에 기생하여 아

●제칠 영역을 지나 지옥은 마침내 보다 구체적인 형장으로 변해 간다. 그때까지의 죄인들은 보다 일반적이고 총괄적이었지만, 이제부터는 보다 작위적이고 기만적인 모습을 띠게 되고, 그런 만큼 벌도 보다 복잡하고 가혹해진다. 여기서 벌을 받는 자들은 비인도적이고 비열한 죄를 범한 망자들이다.

부하거나 감언이설로 사람을 속인 자들이, 그 죄에 잘 어울리는 비참한 벌을 받고 있었다.

깊게 패인 구덩이에는 오줌똥이 가득 차, 사방에는 도저히 숨을 쉴 수 없을 정도의 구린내가 가득 차 있고, 그 똥물 속에 죄인들이 잠겨 있었다.

기어오르려고 바위를 잡아 보지만, 그냥 미끄러질 따름이다. 똥구덩이 속, 솟구치는 악취로 한 치 앞이 보이지 않고, 입을 열면 기침만 터져 나온다. 토해 낸 오물이 벌써 더러워진 벌거숭이 몸을 타고 흐른다.

고통스런 신음소리가 구덩이 위로 솟구쳐 차가운 암벽에 메아리치고, 바위에 달라붙은 이끼 같은 곰팡이가 제 무게를 견디지 못하고 아래로 떨어진다.

"단테, 저기 바위가 조금 무너진 곳으로 가 보세. 하늘이 내려준 미모와 풍만한 몸을 무기로 하여, 색을 팔고, 남자를 타락의 늪으로 빠뜨리고, 가식의 허망한 세상을 살아온 여자의 모습이 보일 것이야. 그렇게 아름답고 빛나던 피부도 저렇게 더러워지고 나면 봐 줄 수가 없다네. 바람에 흩날리던 아름답던 긴 머리칼도, 지금은 더러운 오물을 빨아들인 채 몸에 찰싹 달라붙어 있을 따름이야. 그런데도, 여자 옆에 붙어서 유혹하려는 저 남자의 모습은 또 어떤가. 단테, 잘 보아두도록 하게."

악취가 솟구치는 오물 속
더러워진 몸으로 아직도 미태를 뽐내려 하는가
몸을 뒤틀고, 머리칼을 젖히며 색을 자랑해도
이제 상대해 줄 사람 아무도 없고
머리를 장식할 보석도 없으니

오, 시몬. 마술사여! 그 슬픈 파벌이여!

신의 가르침을 지켜야 할 그 마음 물욕에 물들어, 그 신성한 임무를 잊고 말았으니.

심판이여, 벌을 내리소서, 놈들의 머리 위에. 심판의 나팔소리 울려라.

지옥의 제팔 영역 세 번째 사악한 구덩이는 성직자이면서 그 임무를 잊고, 또한 그 지위를 이용하여 자신의 배를 불린 자가, 황금을 담아두려 했던 그 항아리에 머리를 처박은 채 묻혀 있었다.

지면으로 살짝 나온 발에는 마치 교회당에 놓인 촛불 같은 불이 붙어 있고, 그 뜨거움을 참지 못하고 발을 버둥거릴수록 불길은 더 세차게 타오른다.

고귀한 머리를 땅에 묻고 발버둥치는 그 처참한 모습을 보는 사이에, 내 속에서 불길 같은 분노가 치밀어 올랐다. '용서할 수 없어'하고 나는 속으로 외쳤다. 구원을 바라는 애절한 눈길을 기만하고, 고귀한 신의 가르침을 재물을 얻기 위한 수단으로 이용하다니.

"말해 봐! 대답해 봐! 모래에 묻힌 그 입으로!"

나도 모르게 거친 말을 뱉어내고 말았다.

"주 예수가 언제 돈을 탐했더냐! 정의의 열쇠를 황금이 든 금고의 열쇠로 바꾼 것은 과연 누구였던가!"

나는 그렇게 내뱉고, 미련 없이 세 번째 사악한 구덩이 곁을 떠났다.

분노에 떨면서도 나는 앞으로 앞으로 나아갔다. 네 번째 사악한 구덩이에는 돈을 받고 미래를 점쳐주고, 쓸데없이 사람의 마음을 미혹시킨 불

손한 점장이와 기도사 등이 목이 백팔십도 꺾인 채 줄을 지어 걸어가고 있었다.

앞으로 나아가려 하다가는 뒤로 물러나고, 다시 앞으로 나아가려다가는 다시 뒤로 물러나고 있었다. 그렇다고 뒤로 걸어가다가는 금방 뭔가에 부딪치고 만다.

등에 눈물을 떨어뜨리며 우왕좌왕하는 어리석은 자들의 모습을 눈꼬리에 남긴 채 우리는 다섯 번째 사악한 구덩이로 내려갔다.

이윽고 건너편에서 기묘한 노랫소리가 들려왔다.

야아, 낚았다! 지옥강의 낚시질.
또 물었어! 미끼도 없는 바늘 낚시.

다섯 번째 사악한 구덩이에는 역청이 펄펄 끓고 있었다.

고열에 녹은 시커먼 역청이 구덩이를 가득 메우고 천천히 흐르고 있다. 거기에는 뇌물을 받은 관리 출신들이 처참한 벌을 받고 있었다. 이 세상의 어떤 물질도 한순간에 흔적도 없이 타버리거나 녹아버릴 만큼 뜨거운 역청의 바닥에서, 죄인들은 녹지도 않고 온몸으로 뜨거운 고통을 느끼면서 영원히 헤엄쳐야 하는 것이다.

구덩이 주위에는 수많은 악마들이 작살을 들고 눈을 빛내면서 먹이를 찾고 있다. 역청 위로 몸을 드러내면 작살이 기다리고 있다. 숨이 막혀 도저히 견디지 못하고 얼굴을 내밀거나, 불에 덴 뜨거운 몸을 시원한 바깥 공기로 식히려고 배나 등을 내밀면, 악마의 작살이 소나기처럼 쏟아져 내린다.

정신을 잃고 역청 위에 떠오르면, 그냥 위로 낚여 올라가 온몸에 작살 세례를 받는다. 그런 망자를, 악마들은 다시 정신을 차리게 하여 역청 바닥으로 밀어 넣는다.

"역청 속에 숨어 있으면 되지 않느냐, 이 멍청이들아. 내 눈을 피해 위로 떠오르면 되지 않느냐, 이 얼간이들아. 아니! 거기 누구냐!"

나는 심장이 멈추는 것 같았다. 살아 있는 인간의 몸으로는 도저히 맞받을 수 없는 눈길이었다.

그러나 스승은 눈 하나 깜짝하지 않고 오히려 가슴을 활짝 펴더니, 그들의 우두머리인 듯한 악마를 노려보면서 위엄에 가득 찬 목소리로 외쳤다.

"말라코다(Malacoda), 나야, 베르길리우스야. 모른 척하지 마. 고귀한 분의 뜻으로 이분을 지옥으로 안내하고 있다. 어쨌든 너는 일천이 넘는 악마를 다스리는 신분으로, 현명한 판단력을 가지고 있을 것이야. 그렇다면 내가 왜 여기 왔는지를 벌써 알고 있을 터!"

스승의 말에 말라코다는 빙긋 웃으면서 부하들에게 고함치듯이 명령했다.

"너희들, 이 두 사람에게는 손을 대지 마. 알치노, 앞으로 나와, 칼카브리나, 너도. 그리고 카나초도 나오고. 바르바리치아, 네가 특수부대의 대장이다. 리비코코, 드라기나초, 큰 이빨 치리아토, 그라피아카네, 파르파렐로, 미친 루비간테도 데리고 가. 이분들을 무사히 구덩이 저편까지 모셔다 드려!"

"스승님, 일이 묘하게 돌아가는군요. 저놈들, 길을 가다 갑자기 생각이 바뀌지는 않겠지요."

나는 기어들어가는 목소리로 스승에게 물었다.

"이제 와서 어쩌겠나. 이런 속담도 있지 않은가. '교회에 갈 바에는 성인

과, 술집에 갈 바에는 주정뱅이'라고 말이야. 놈들의 뜻에 맡기는 수밖에."

스승의 계산대로 일이 풀리기는 했지만, 참으로 즐겁지 않은 호위였다.

우리는 쓸데없는 자극을 주지 않으려고 일부러 악마들에게서 눈길을 돌리고 있었지만, 놈들은 우리를 호위해 가는 사이에도 구덩이 속의 죄인들을 작살로 찌르기도 하고 놀리기도 하느라 바쁘게 움직였다. 그리고 때로 가련한 망자를 작살로 찔러 올려서는 무서운 목소리로 서로 다투곤 했다.

"어이, 루비칸테. 놈들의 등을 긁어 줘, 가죽을 벗기라구, 이놈은 바위 뒤에 숨어서 미꾸라지처럼 잘도 도망치더란 말이야. 정말 웃기는 놈일세. 어이, 단테 님, 재미있는 걸 보여 드리지."

눈길을 돌려보니, 한 남자가 바르바리치아의 손에 목이 잡힌 채 허공에 매달려 있었다.

"이 사람은 무슨 죄를 저질렀습니까?"

나도 모르고 그렇게 묻고 말았다.

악마들은 소란을 떨면서 자, 어서 말해, 자백하지 못할까, 하고 그 가련한 남자를 닦달했다. 남자는 나바레 왕국의 신하였는데, 씀씀이가 헤프고 뇌물을 받아 챙겼다고 한다. 남자가 축 늘어지자 바르바리치아가 내게 말했다.

"단테, 묻고 싶은 말 없어? 없으면 낯가죽을 벗길 거야."

내가 겁을 먹고 우물쭈물하자, 칼카브리나가 거들먹거리며 앞으로 나서서 말했다.

"대장, 아무래도 단테 님은 더 재미있는 이야기를 듣고 싶은 모양입니다. 이 나바레 놈의 동료 하나를 불러 오지요."

"그것 참 좋은 생각이야. 어이, 나바레. 네 친구를 하나 불러 봐."

"악마님들이 이렇게 모여 무서운 표정을 짓고 있으면 불러도 나오지 않을 것입니다. 저쪽에 숨어 계십시오."

"너, 그래 놓고 설마 도망칠 생각은 아니겠지."하고 바르바리치아가 말했다.

"걱정 마세요, 대장. 이런 너덜너덜한 다리로 아무리 도망쳐 봤자, 내 날개가 더 빠를 겁니다. 구덩이로 뛰어들기 전에 잡을 수 있습니다."하고 알치노가 거들먹거리며 말했다.

그렇다면, 하고 악마들은 남자를 풀어주고 모두 바위 뒤에 숨었다. 그와 동시에, 남자는 뒤도 돌아보지 않고 도망치기 시작했다. 어디에 그런 힘이 남아 있었는지, 놀라운 속력으로 바위를 지나 절벽 위에서 구덩이 속으로 뛰어 들었다.

알치노가 날아올라 남자를 따라가서 날카로운 작살로 찔렀지만, 간발의 차이로 남자는 구덩이 속에 숨고 말았다.

대장은 불처럼 화를 내고, 칼카브리나와 알치노는 서로 잘못을 미루면서 싸우기 시작했다.

"네놈이 쓸데없는 말을 했기 때문이야."

"네놈이 자신 있게 말하니까, 그놈을 놓아준 거야."

"어이, 바르바리치아가 화를 내지 않느냐. 빨리 용서를 빌어."

"이 모든 것이 네놈의 말에서 시작된 거야. 내 돌아가서 말라코다에게 일러바치겠어."

결국 두 악마는 서로 치고받는 싸움을 시작했다. 주위의 악마들은 싸움질을 부추기며 서 있었다. 싸움은 이윽고 서로 손톱 발톱으로 할퀴는 불꽃 튀는 공중전으로 발전해 갔다. 그러는 사이에 두 악마는 서로 부둥

켜안는 바람에 날개가 접혀 그만 펄펄 끓는 역청 속으로 빠지고 말았다.

벌을 받기 위해 만들어진 몸과는 달라서 악마는 한순간에 슈욱, 하는 소리를 내며 불에 타 버렸다. 두 악마의 몸은 불길에 타오르더니 검은 역청 속으로 녹아들고 말았다.

너무도 어처구니없는 결과에 멍한 눈길로 구덩이 속을 바라보던 악마들은 이윽고 제정신을 차리고, 이 모든 사태의 원인을 제공한 원흉이 바로 저놈들이라고, 분노에 찬 눈길로 우리를 노려보기 시작했다. 잡히면 끝장이라고, 우리는 뒤도 돌아보지 않고 도망쳤다. 다행히 여섯 번째 사악한 구덩이가 바로 눈앞이라, 우리는 무너진 절벽의 바위를 타고 아래로 미끄러지듯이 떨어져 내려 악마들의 공격을 피할 수 있었다.

"이제 괜찮아. 놈들은 저 경계를 넘을 수 없으니까 말이야."

눈을 들어보니 악마들은 절벽 위에서 작살을 휘두르며, 큰 소리로 욕설을 퍼붓고 있었다. 붙잡혔더라면 어떻게 되었을까를 생각하니, 작살과 날카로운 발톱, 펄펄 끓는 역청의 바다, 작살에 찔린 망자들의 비통한 울부짖음, 코를 찌르는 악취가 한꺼번에 머릿속에 떠올라, 죽을힘을 다해 도망치던 그때보다 한층 더 심한 공포가 내 가슴을 짓눌러 왔다. 안도의 한숨을 내쉬면서 긴장이 풀어지는 순간 되살아나는 공포, 그리고 피로감으로 나는 정신을 잃을 지경이었다.

"정신 차리게, 단테."

스승은 그런 나의 어깨를 부드럽게 어루만지며, 힘찬 목소리로 격려해 주었다.

금으로 도금한 납의 망토
무겁게,
위선자들의 몸을 덮고 있구나
고개를 숙이고
무거운 발걸음을 옮기는 위선자들

"여행은 이제부터라네. 게다가 지금 와서 돌아갈 수도 없지 않는가."

지옥의 제팔 영역, 여섯 번째 사악한 구덩이에는 위선자들이, 표면에 금으로 도금한 무거운 납의 망토를 입고 열을 지어 걸어가고 있었다. 무거운 망토 때문에 발을 끌 듯하며 느릿느릿 걸어가고 있다. 생전에 잔머리만 굴리며 이쪽에는 이런 말을 하고 저쪽에 가면 또 저런 말로 인기를 모으고, 진실한 사람들과 후세에 나쁜 걱정거리를 남긴 망자들이다. 그들은 지금, 고개를 한번 돌리려 해도 무거운 납 모자에 짓눌려 목을 움직일 수 없다. 몸을 틀려면 오랜 시간에 걸쳐 조금씩 움직이지 않으면 안 된다.

얼마쯤 나아가자 벌거숭이 남자 하나가 대지에 세 개의 못으로 박혀 형벌을 받고 있었다. 왜 저런 벌을 받고 있느냐고 물어보니, 옛날에 하지 않았어야 할 말을 했기 때문이라고 한다.

"나는 어느 시절에, 어떤 소동이 일어났을 때, 한 사람을 지목하여, '여러분, 죄를 저놈에게 덮어씌우는 게 어떨까? 그래서 어느 정도 형벌을 받은 다음, 우리가 용서해주자고 말하면 되지 않을까?' 그렇게 사람들을 선동했더랬지. 그 때문에 나 혼자서 이런 벌을 받고 있다네. 너희들도 봤지? 저 납옷을 입고 걸어가는 놈들이 내 몸을 밟고 지나는 것을…… 너희들이 말을 걸어주어서 정말 다행이었어. 그렇지 않았더라면 난 지금도 저 놈들의 발길에 짓밟히고 있었을 거야. 제발 부탁이야, 가지 말아 줘. 정말 부탁이야, 여기서 내 이야기를 좀 들어 줘."

일곱 번째 사악한 구덩이에는 도둑들이 우글거리고 있었다.

뭐라고 표현하면 좋을까, 그 처참한 모습! 무수한 망자들과 뱀. 뱀이 목을 물어뜯으면 망자의 몸은 불길에 휩싸여 재가 되고 만다. 일단 무너졌던 그 재가 다시 몸의 형태로 되살아난다. 뱀이 그 몸을 휘감고 조르

기 시작한다. 독을 뿜어내는 날카로운 이빨로 표적을 노린다. 도망쳐 숨을 곳도 없고, 그것만 있으면 모습을 감출 수 있는 마법의 돌도 없다. 그런 과정이 반복되는 무한지옥. 뱀 지옥.

망자는 도망치고 뱀은 그 뒤를 쫓는다. 그러나 계곡은 좁고, 거기에 비해 뱀의 수는 너무도 많다. 빨갛고 파랗고 검은 놈이 있는가 하면, 슈웃! 하고 연기를 토해 내는 놈도 있다. 그 가운데 유난히 커다란 뱀 한 마리가 세 남자를 쫓아 우리 쪽으로 다가오고 있었다. 우리는 바위 뒤에 숨어 숨을 죽이고 지켜보았다. '저 남자도 목이 물려 재가 되고 말까?' 뱀은 재빨리 그 가운데 한 사람을 따라잡아 발목을 물어 바닥에 쓰러뜨렸다. 뱀이 남자의 몸통과 다리를 조르더니, 가슴과 손, 그리고 목으로 기어 올라갔다. 거대한 뱀이 사내의 몸을 바짝 조르자, 우지직! 하는 징그러운 소리가 들렸다. 아무래도 남자의 뼈라는 뼈는 모두 그 소리와 함께 부서져 버렸음에 틀림없다.

뱀과 사내는 한몸이 되어 잠시 그렇게 있다가, 이윽고 뱀의 꼬리가 움직이기 시작할 무렵, 나는 내 눈을 의심하지 않을 수 없었다. 뱀의 꼬리가 둘로 갈라지기 시작했던 것이다. 그리고 뱀은 그 꼬리로 축 늘어진 남자의 다리를 휘감았다. 그 순간, 두 다리가 하나가 되고, 그러면서 두 개로 갈라진 뱀의 꼬리가 점점 사람의 다리로 변하기 시작했다. 이윽고 뱀의 몸에서 손이 뻗어 나오고, 남자의 몸에서 손이 사라졌다. 뱀이 뿜어낸 낮게 깔린 독 연기 속에서, 머리카락이 빠져 나가고, 새로운 머리카락이 생겨나고, 귀가 사라지고, 또 새로운 귀가 생겨났다. 조금 전까지만 해도 단말마의 비명을 지르고 있던 남자의 입이 지금은 둘로 갈라져, 빨갛고 가느다란 혀를 날름거리며, 슈웃! 하는 소리를 내고 있었다. 듣도 보도 못한

변용이 일어나고 있었다. 남자는 뱀으로, 뱀은 남자로 변했던 것이다.

남자는 주위를 두리번거리더니 음침한 목소리로 말했다.

"어이, 거기 숨어서 지켜보는 놈들! 이번에는 네놈들이 뱀이 될 차례야."

꽃

우리는 재빨리 그 계곡을 빠져나와 지옥의 제팔 영역, 여덟 번째 사악한 구덩이로 향했다.

나는 마음이 무거웠다. '혹시 인간과 뱀은 같은 근원에서 태어난 것이 아닐까? 독을 가지고 있고, 둘로 갈라진 혀와 차가운 피부로 구멍을 찾아 땅을 기어가는 모습은…… 차라리 그 광경은 보지 말았어야 했어.'

"조심하게, 단테. 잘 보게, 발 아래를. 아주 험한 길이야. 떨어지지 않으려면, 눈을 부릅떠야 하네."

스승의 말에 제정신을 차리고 아래를 내려다보니, 불길이 활활 타오르고 있었다.

"잘 보게. 음모와 책략으로 세상을 매도하고, 마치 장난을 치듯이 전쟁을 즐긴 놈들이 지금 저런 불길 속에서 고통받고 있다네. 놈들의 행위는 너무도 치사하고 더러웠어."

'이렇게 많은 사람이……'

●뚜쟁이, 아부꾼, 성직 매매, 사기, 직권 남용, 위선, 도둑. 인간사회를 더럽히는 모든 악행을 범한 자가 거기에 합당한 사악한 구덩이에서 벌을 받는 지옥의 제팔 영역 가운데서도 두 사람은 일곱 번째 사악한 구덩이까지 견학했다. 모든 사람이 그런 죄악을 싫어하지만, 그럼에도 불구하고 그런 비행을 저지르는 자가 너무도 많다. 혹시 그것이 인간의 본성이 아닌가 하고 생각하는 순간, 단테의 마음은 무겁게 가라앉는다. 그러나 두 사람은 앞으로 더 깊고 거대한 음모와 모략의 죄를 심판하는 지옥으로 내려간다.

멀리 떨어져 있는 나도 뜨거워 견디기 힘들 만큼 뜨거운 불길이 타오르는 화산의 분화구 같은 계곡의 바닥에서, 망자들은 영겁의 화형을 당하고 있었다.

"보게! 가슴이란 저렇게 갈라지는 것이야. 이 사악한 구덩이에서 내리는 벌을 똑똑히 봐 두게."

"저자가 무함마드. 과연 건장한 사내로구만. 그 앞에서 얼굴이 갈라진 채 울면서 달려가는 자가 알리. 그의 조카라네. 여기에는 사람 사이를 이간질하여 분리한 자들이 벌을 받고 있지. 저기 긴 칼을 든 악귀가 보이지 않는가. 저놈은 닥치는 대로 검을 휘둘러. 일족이나 가족, 동료 사이를 이간질하고, 골육상쟁을 부추긴 자들이 여기에서, 자신의 몸이 갈라지고 찢어지는 벌을 받고 있는 게야."

"저들은 어디로 달려가고 있습니까?"

"이 메마른 구덩이는 원형이라네. 저렇게 갈라진 몸을 부둥켜안고 놈들은 그냥 이 안을 빙글빙글 돌고 있을 따름이야. 달릴 수밖에 없는 게지. 살아 있는 인간이라면 즉사할 정도의 상처니까 말일세. 아픔 때문에 마구 달리다가 이곳으로 돌아올 즈음에는 어느새 상처가 아물어 버리지. 통증이 사라진 것을 느끼자마자 다시 악귀의 검이 몸을 갈라 버리네. 싸움을 건 자는 그 혀를, 사람의 마음을 현혹한 자는 그 가슴을, 쓸데없는 생각을 하게 만든 자는 그 머리를, 악귀의 검이 갈라 버리는 거지. 그 가운데서도 가장 무거운 죄는 이단의 가르침으로 주 예수의 백성을 분열시키고 대립하게 만든 자들이야."

다툼의 씨앗을 뿌린 자

장난처럼 전쟁을 즐긴 자

얼굴이 갈라지고, 목이 잘리고

팔이 떨어지고, 몸이 찢어지네

"보라, 내 모습을! 내 손에 들린 등불이 내 앞길을, 내 모습을 비추노라. 원래는 하나의 몸이나, 떨어져 보면 더 잘 보이는 것. 내 목에는 다리가 없고, 내 어깨에는 목이 없노라. 원래는 하나의 몸, 나의 성은 보른, 이름은 베르트란. 성에 살고 있었지. 아아, 어두워! 어두워서 보이지 않는 발길. 비추어라, 내 갈 길을. 목이여, 조금이라도 앞길이 보이도록. 아아, 추워! 왜 이리 바람은 차가운가. 이 가슴을 뚫고 가는 밤바람이여. 보른가의 베르트란이라면, 세상 사람이 모두 알아주지 않았던가. 내 말이 한 나라를 쪼개 버릴 만큼…… 나는 왕자를 꼬셨지. 왕자와 왕, 아들과 아버지, 피로 이어진들 무슨 소용이란 말인가. 단단한 바위도 둘로 갈라지는 법. 하물며 부자의 인연 따위야…… 아버지와 아들은 서로 질시하는 존재. 한 나라가 그 사이에 끼어들면 말할 것도 없나니. 보라, 나의 이 모습을! 어깨에서 떨어진 이 목을, 목에서 떨어진 이 가슴을. 인과응보란 바로 이런 것이야! 아아, 목이여, 잘 보아라, 발 아래를. 이런 죽을 다리 놈아, 뭘 그리 우물쭈물하고 있어! 손을 놓아버릴 거야, 놓아버리면 보이지 않는다는 걸 알지? 인과응보란 바로 이런 것이야! 내 목에는 다리가 없네. 내 어깨에는 목이 없네. 원래는 하나의 몸. 내 이름은 베르트란…… 어이, 자네, 왜 이쪽을 보지 않는 거야. 거기 두 사람, 긴 옷으로 상처를 숨기고 대체 어디로 가려 하는가? 내장을 숨기고 어디로 가는가? 왜 나를 보지

않는가? 숨겨야 할 상처 따위가 어디 있다고……."

"스승님, 왜 이렇게 많은가요, 이런 죄를 지은 망자들이……. 이 메마른 구덩이를 피투성이의 몸들이 가득 채우고 있지 않습니까. 눈물로도 그들의 더러운 피를 씻어주지 못한단 말입니까? 큰 소리로 울고 싶습니다."

"사랑하는 제자여, 그들의 모습을 보았다면 더 이상 아무 생각도 말게. 자네가 아무리 슬퍼한들 소용 없는 일이라네."

"스승님, 저 가운데는 내 친척도 있습니다. 틀림없습니다. 그도 저를 알아보았습니다. 그러나 저는 그냥 지나치고 말았습니다. 그는 필시 화를 내고 섭섭해할 것입니다. 깊은 슬픔에 잠겨 있을지도 모릅니다. 하고 싶은 말이 있었을지도 모릅니다. 그렇지만 저렇게 갈라지고 잘려나간 몸으로 누구에게 말을 할 수도 없을 테니, 차라리 모르는 척하는 게 좋을지도 모른다고, 그냥 지나치고 말았습니다. 스승님, 가슴이 아픕니다. 가슴이 찢어지는 것 같습니다."

"그리 아파하지 말게나, 단테. 자네가 아는 사람이 거기 있었겠지. 단지 그것뿐일세. 자네는 수많은 망자들을 보았네. 그 또한 그들 가운데 하나에 지나지 않아. 저곳은 그들이 마땅히 있어야 할 장소이며, 자네가 머물러야 할 곳이 아니라네. 저기서는 무수한 망자들이 그 나름의 이유가 있어 몸이 갈라지는 고통을 받고 있을 따름이야. 그리 생각하면 된다네."

우리는 어두운 길로 나아갔다. 이윽고 깊은 계곡을 내려다보는 절벽 위로 나섰다. 그곳이 지옥의 제팔 영역의 마지막 열 번째 사악한 구덩이

였다.

어둡게 잠긴 바닥에 구더기 같은 것이 꾸물거리고 있었다. 아무래도 망자들인 것 같았다. 몇 줄기 신음소리가 화살처럼 날카롭게 내 가슴을 꿰뚫었다.

두 손으로 귀를 막지 않고는 서 있을 수도 없을 정도였다. 솟구치는 악취. 가까이 다가서자 어둠에 눈이 익으면서 드러나기 시작한 그들의 모습에, 나는 온몸의 감각이 마비되는 듯한 느낌에 사로잡혔다. 썩어가는 몸으로 바닥을 기어가는 망자들. 얼굴도 손도, 눈도 손가락도, 문드러져 곰팡이가 끼어 있었다. 거기에는 연금술사와 위조지폐범, 사기꾼 들이 득실거리고 있었다.

몸이 가려워서 견딜 수 없는지, 한결같이 바닥에서 구르며, 피부를 모래에 비비고, 미친 듯이 손톱으로 온몸을 긁어댔다. 군데군데 말라서 딱지 앉은 피부가 손톱이 지나갈 때마다 우수수 떨어져 내렸다. 긁어도 긁어도 끝이 없다. 몸에 슨 녹 같았다. 썩어 떨어진 피부가 지면을 덮고, 거기에 곰팡이가 슨다. 그것들이 바닥을 구를 때마다 몸에 달라붙어 다시 피부를 썩게 하고 고름을 흐르게 한다. 역겨운 냄새. 숨을 쉬기도 힘든 악취 속에서, 그 고통을 잊으려고 비명을 질러대는 망자가 있었다. 큰 소리를 지르며 숨을 들이쉬면 쉴수록, 곰팡이는 내장에까지 달라붙는다.

몸서리쳐지는 악순환 속을 무수한 망자들이 구더기처럼 뒹굴고 있다. 썩은 몸이 스스로 부패의 씨앗을 기르고 있는 처참한 악순환의 고리.

●열 개의 사악한 구덩이의 마지막 세 개는, 모략과 허위로 인간사회에 불화와 분열의 씨앗을 뿌린 자들로 가득 차 있다. 그 죄가 다른 어떤 것보다 무거운 것은, 많은 사람들을 불행에 빠뜨리기 때문일 것이다. 단테 또한 저도 모르는 사이에 그런 음모에 빠져 든 사람 중의 하나이다.

우리는 말없이 길을 가고 있다. 길가에는 병든 망자들의 비명이 가득하고, 자신의 발로 일어설 수도 없는 망자도 많았다. 잠시 그렇게 나아가자, 서로 몸을 기대고 있는 두 사람이 있었다. 마치 바늘과 실로 기우기라도 한 듯이 찰싹 달라붙은 두 사람의 발끝에서 머리까지 온통 더러운 딱지가 앉아 있었다. 두 사람은 위조지폐 기술자였다. 두 사람은 서로의 몸에 난 딱지를 생선비늘을 떼어 내듯 바닥에 벗겨내고 있었다.

여러 종류의 망자들이 있었다.

미쳐 날뛰면서, 남의 뒤를 쫓아가서 쓰러뜨리고, 그 몸을 물어뜯고 찢어버리는 미치광이가 있었다. 몸의 일부는 비쩍 말랐는데도, 다른 부분은 물에 불은 듯이 퉁퉁한 괴물 같은 망자도 있었다. 위조화폐를 만든 사기꾼, 위증죄를 범한 망자, 유언장을 위조한 망자, 자신의 욕망을 채우기 위해 올바른 길에서 벗어난 모든 망자들이 거기에 있었다.

"저건 스뮈르나(또는 뮈라). 신대神代의 사악한 여자였지. 하필이면 아버지를 사랑하고 만 그녀는 어느 날 밤 타오르는 정욕을 이기지 못하고 다른 여자의 모습으로 변장하여 아버지의 침대로 파고들었어. 올바른 사랑의 길에서 벗어나 미친 사랑을 하고 만 여자야. 그 사실을 안 아버지가 분노하여 딸을 죽이려 하자, 결국 여자는 사막으로 도망쳐서 몰약의 나무가 되었다고 해. 그 전설 속의 여자가 이곳에서 저렇게 딱지가 난 얼굴로 울고 있는 거라네."

한결같이 사연을 품었음직한 망자들이 사방에서 신기하다는 눈길로 우리를 바라보고 있었다. 내가 살아 있는 인간이라는 사실에 흥미를 느끼고 있음에 틀림없었다. 나는 한 사람씩 그 사연을 들으면서 걸었다. 들으면 들을수록 참으로 많은 사연과 죄가 있었고, 인간이란 이렇게도 다양하

게 거짓말을 하며 사는구나 하는 생각에 놀라지 않을 수 없었다. 나는 호기심을 이기지 못하고 수많은 망자들의 사연을 듣느라 정신이 없었다.

"단테!"

그때 벼락 같은 목소리가 들려왔다. 베르길리우스가 화난 표정으로 나를 바라보고 있었다.

"하고 싶은 대로 해! 그렇게 사방을 헤매고 다니도록 하란 말일세. 난 이제 자네에게 넌더리가 났어."

스승의 엄한 꾸지람에 나는 할 말을 잃고 말았다. 퍼뜩 제정신을 차리자 갈 길을 잃고 재미로 망자들의 사연을 들으며 즐기고 있었던 나 자신이 부끄러웠다. 여기서 스승에게 버림받는 것은 아닌가 하는 생각이 스치면서 가슴이 덜컹했지만, 그런 비겁한 생각이 다시 나를 부끄럽게 했다.

스승은 잠시 입을 다물고 있다가, 이윽고 너그러운 표정을 되찾고 부드러운 음성으로 말했다.

"정신이 들었는가. 자신이 무엇을 하고 있는지 절대로 망각해서는 안 돼. 개인적인 사연에 푹 빠져든다는 것은 자네 마음이 외롭기 때문이야."

아킬레스가 그 아버지에게 받은 창에는, 처음에는 상처를 입히지만, 다음에는 그 상처를 치유하는 힘이 있다는 말을 들은 적이 있다. 그처럼 스승의 말은 내 가슴의 상처를 어루만지고, 새로운 힘을 불어넣어 주었다. 그렇게 하여 나는 지옥의 제구 영역을 향하여 나아갔다. 사악한 웅성거림이 점차 멀어지면서 어둠은 더욱 깊어져 갔다. 우리는 앞이 거의 보이지 않는 안개 속을 조심스럽게 한 걸음 또 한 걸음 옮겨 갔다. 그러자, 갑자기 하늘과 대지를 가르는 듯한 굉음이 울려왔다.

두려운 눈길로 사방을 살펴보았지만, 너무 어두워 모든 것이 어렴풋

하게 보일 따름이었다. 눈을 부릅뜨고 자세히 살펴보니, 저편에 우뚝 솟은 높은 탑이 어렴풋이 눈에 들어왔다.

"스승님, 저건 무슨 성인가요?"

"어두운 안개 속에서 너무 멀리까지 보려 하니까 그런 착각을 하는 게야. 저건 자네가 생각하는 그런 성이 아닐세. 이제 곧 알게 되겠지만, 저건 탑이 아니라 거인이라네."

제구 영역의 지옥에는 신들의 시대에, 그들에게 저항하여 전쟁을 일으키고, 세상의 모든 것을 파괴하려 했던 거인족이 갇혀 있었다.

"거인족은 신대에 그 거대한 몸과 놀라운 힘으로 지상을 활보하고 있었고, 그러다 마침내 창세의 신들에게 도전했었지. 오래 계속된 그 처참한 전쟁 이야기는 자네가 알고 있는 그대로, 올림포스의 신들의 승리로 끝나는데, 거인족의 파괴력은 너무도 강력하여 한때 제우스도 아폴론도 동물로 변신하여 이집트로 도망치지 않을 수 없을 정도였네. 결국 제우스는 번개를 무기로 하여 거인족을 진압하게 되는데, 하늘을 공략하기 위해 산에다 계단을 설치할 정도로 강력한 힘을 가졌던 거인족을 가둔다는 건 그리 쉬운 일이 아니었다네. 보다 못한 거인족의 어머니인 가이아가 자식

● 그리스 신화에는 다양한 거인족이 등장한다. 그 대부분의 거인은 '하늘'을 의미하는 우라노스와 '땅'을 의미하는 가이아의 사이에서 태어나는데, 거대한 외눈박이들인 퀴클롭스 3형제, 팔이 100개나 달린 거인들인 헤카톤케이레스도 그 자식들이다. 그들은 한결같이 포악한 행동을 했는데, 그 때문에 명계에 유폐되었다. 다음으로 등장하는 것이, 역시 우라노스와 가이아 사이에서 태어난 형제 티탄 신족으로, 막내 크로노스는 모략을 부려 아버지 우라노스의 성기를 자르고, 아버지를 대신하여 일족의 수장이 되었다. 이때 흩어진 피가 어머니 대지 가이아에 스며들어 태어난 것이 기간테스이다. 그런데, 크로노스는 그 자신 또한 자식에게 죽음을 당하리라는 예언을 두려워하여, 레아와의 사이에서 난 포세이돈, 하데스 등의 자식을 삼켜 버린다. '빛' 또는 '낮'을 의미하는 제우스 또한 크로노스의 자식으로, 레아의 배려로 그만이 아버지의 눈을 피해 은밀히 성장한 후, 이윽고 '지혜'를 뜻하는 테미스에게 받은 약을 크로노스에게 먹여 형제들을 토해내게 한다.

들의 약점을 가르쳐 주지 않았더라면, 아무리 제우스나 포세이돈이라 해
도 그들을 물리치지 못했을 것이야."

"거인족의 약점은 무엇인가요?"

"가이아의 몸에서 태어난 그들은 아무리 힘이 빠져도 땅에 발을 붙이
는 순간 그 힘을 회복하고 말아. 그러므로 그들은 지금 저 깊은 우물 속에
갇혀 있는 게지. 저 우물 바닥이 지옥의 최하층이라네."

거인들은 조금만 몸을 움직여도 보통 사람은 서 있을 수 없을 정도로
심한 지진이 일어난다. 지금이라도 사슬을 끊어버리고 거인들이 날뛰지
는 않을까, 내 가슴은 두방망이질치고 있었다. 그러나 우물에 하반신이
잠긴 거인들에게서는 거의 생기를 찾아 볼 수 없었다.

그런데, 그때 안개 속에서 한 거인이 우뚝 일어섰다.

"스승님, 거인이!"

"겁먹지 말게, 단테! 의연한 자세를 보여야 해. 저건 안타이오스, 다른
거친 거인들에 비한다면 얌전한 놈이야. 보게, 몸집이 좀 작지 않은가. 저
놈은 신들의 전쟁이 끝난 후, 거인족을 가둔 포세이돈과 거인족의 어머니
인 가이아 사이에서 태어난 거인이야. 인간을 괴롭히기는 했지만, 신들에

●제우스는 형제들과 함께 크로노스와 티탄 신족에게 반격을 시작하는데, 이 제우스가 이끄는 신들
이 그리스 신화의 주류를 이루는 올림포스 신족이다. 전쟁은 오래 지속되었지만, 가이아는 제우스
에게 예전에 크로노스가 그러했듯이, 지하에 유폐되어 있는 퀴클롭스를 구하여 아군으로 삼으면
전쟁에서 이길 수 있을 것이라고 가르쳐 주었고, 그것이 올림포스 신족의 승리를 이끌었다. 이처럼
강력한 힘을 가진 거인족은 늘 신들의 전투를 좌우하는 힘으로서 등장한다. 또한 기간테스도 역시
올림포스 신족에게 싸움을 걸어, 헤라클레스와 같은 인간을 아군으로 끌어들인 올림포스의 신족에
게 멸망당하는 거인족이다. 이러한 신들과 거인족의 전투와 창세의 이야기는 그리스 신화 가운데
서도 특히 장대한 서사구조를 갖추고 있는데, 단테의 『신곡』은 이렇게 풍부한 그리스 신화를 배경
으로 하고 있고, 그것이 『신곡』에 깊이와 역동성을 주고 있다. 지옥도 이제 최하층에 이르게 된다.

게 싸움을 거는 불손한 짓은 하지 않았기에 손발을 자유롭게 해 준 거라네. 지옥의 최하층에 갈 때 저 친구의 도움을 받을 생각일세."

다른 거인에 비해 작다고는 하지만, 안타이오스가 안개 속에 우뚝 선 모습은 마치 바위산 같았다.

"안타이오스!"

스승이 부르는 소리에 땅을 울리면서 다가오는 그 모습은 마치 해일과도 같았고, 또한 그가 우리 앞에 몸을 구부렸을 때는 마치 거대한 탑이 무너져 내리는 것만 같았다.

"할 얘기가 있네, 안타이오스. 자네도 알다시피 나는 이 세상의 명예를 언어로 노래하고, 또한 이야기의 바닥에 숨겨진 진실을, 겉으로 드러낼 수 없는 마음을 언어로 표현하여 사람들에게 전하는 자라네. 그리고 여기에 있는 남자 또한 시인으로, 아직 살아 있는 사람일세. 지옥을 둘러보고 거기서 보고 들은 것을 살아 있는 입과 살아 있는 말로 사람들에게 전하는 임무를 띠고 온 사람일세. 안타이오스, 자네의 힘을 빌려 주게. 고생해서 지옥의 맨 밑바닥까지 왔지만, 이렇게 계곡이 깊지 않은가. 이 사람을 아래로 내려다 주지 않겠는가."

스승의 말에 안타이오스는 아무 말 없이 두 손을 앞으로 내밀었다.

　　지옥의 제구 영역으로 들어가네
　　신대의 거인의 손을 빌려
　　내려가네
　　지옥의 밑바닥

고요했다. 숨소리 하나 들리지 않았다. 소리마저 얼어붙은 듯했다.

짙은 어둠 속으로 바늘 같은 한 줄기 바람이 불어갔다.

모든 것이 얼어붙어 있었다.

카이나에서 안테노라, 그리고 톨로메아에서 주데카로 이어지는 지옥의 최하층 코키토스에는 얼음처럼 차가운 바람이 불어 갈 따름이었다.

인간은 왜 부모와 자식이, 형제가 서로 죽이며 싸우는 것일까? 카인은 동생 아벨을 죽였다. 그들은 같은 아담의 자식으로, 인류 최초의 형제가 아니었던가.

인간은 왜 고향을, 그리고 친구를 배신할까? 안테노라가 적과 내통하지 않았더라면, 트로이 전멸의 비극은 없었을 것이다. 그를 믿고 마음을 열어 준 자들을, 왜 속이고 죽여야 한단 말인가! 톨로메아의 초대를 받아 술에 취해 자다가 목이 잘린 자들. 그렇다면 그들이 톨로메아를 믿지 않는 게 좋았을까? 그리고 유다, 은혜는 원수로 갚아야 하는 건가?

❀

카이나, 안테노라, 톨로메아, 주데카, 인간들의 슬픈 심성이 얼어붙은 네 개의 최하층 얼음의 지옥 코키토스.

떨리고 있었다. 모든 것이 떨리고 있었다. 가라앉은 대기조차 바르르 떨고 있었다. 팽팽하게 긴장된 시간 속을 무거운 발자국 소리만이 뚜벅뚜벅 길을 가고 있었다.

얼음지옥 코키토스

신을 향해 무기를 든

죄인이 얼어붙은

얼음지옥 코키토스

지옥의 밑바닥

베르길리우스와 나는 아무 말 없이 나란히 지옥으로 나아갔다. 나는 의식이 몽롱하여 마치 꿈속을 걷고 있는 것 같았다. 눈에 비치는 모든 것이 멀고 어렴풋한 기억처럼 차갑게 뇌리를 스쳐갔다. 다른 세계, 다른 시간, 다른 내가 소리도 없이 몽롱하게 흘러가고 있었다.

"누구냐! 내 코를 밟는 놈이!"

갑자기 발 아래서 고함소리가 들려왔다. 아무래도 내 발이 누군가의 얼굴을 밟은 것 같았다.

"몬타페르티 전투의 원한이 아니라면, 대체 왜 나를 밟는 게야."

'몬타페르티 전투?'

남자의 말이 내 의식을 각성시켰다. 나는 거친 어투로 남자에게 말했다.

"너는 누구냐? 뻔뻔스러운 놈."

"그러는 너는 누구냐? 왜 하필이면 사람의 얼굴을 밟고 그래! 아무래도 네놈은 살아 있는 인간이로구나. 그래도 그렇지 너무 심하지 않느냐."

"그렇고 말고, 난 살아 있는 인간이다. 네가 이름을 남기고 싶다면, 기꺼이 기억해 줄 수 있는 살아 있는 인간이다. 만일 네가 원한다면……."

"필요 없어. 내가 원하는 건 오로지 '모든 것을 반대로'라고 해두지. 빨리 가 버려. 더 이상 나에게 간섭하지 마! 네놈은 나를 아는 모양이로군."

갑자기 화가 치밀어, 나는 남자의 머리칼을 거머쥐고 끌어 올렸다.

"입이 찢어져도 말 못해. 머릿가죽을 벗기고 발로 짓밟는다 해도……."

내 손에는 남자의 머리카락이 한 움큼이나 쥐어져 있었다.

"스승님, 이놈, 이놈의 배신으로 우리가 패하고 말았습니다."

우리는 배신자 보카를 뒤로 하고, 얼음지옥의 제이 영역 안테노라의 안쪽으로 더 나아갔다. 잠시 그렇게 나아가자, 한 남자가 똑같이 얼음에 잠겨 있는 다른 남자의 뒤통수를, 마치 굶주린 사람이 커다란 빵을 베어 먹듯이 세차게 깨물어 뜯고 있었다.

"어이, 자네, 개도 아닌 사람이 왜 그런 짓을 하는가. 그 이유를 말해 보게. 자네는 누군가? 상대는 또 누구인가? 왜 이런 지옥에 떨어졌는가? 이곳에 와서도 풀리지 않는 그 원한은 대체 뭔가? 그 이유를 알아야 자네의 맺힌 그 원한을 지상으로 돌아가 이 입으로 풀어 줄 수 있지 않겠는가."

내가 그렇게 말하자 남자는 움직임을 멈추고 잠시 부르르 몸을 떨더니, 이윽고 깨물었던 머리를 놓고 입에 가득 든 머리카락을 뱉어낸 다음 이렇게 말했다.

"잊고 싶었는데, 한순간만이라도 잊고 싶었는데!

왜 내가 이렇게 머리를 깨물어 뜯어야 하는지 그 이유를…….

좋아, 그런다고 내 가슴의 원한이 풀리지는 않겠지만, 적어도 이놈의

● 지옥의 시작 부분에서 말한 파올로와 프란체스카의 비극과 마찬가지로, 단테의 시대에 실제로 있었던 비극적 사건이 여기에 등장한다. 『신곡』은 그리스 신화 등의 환상적인 배경과 함께, 이러한 동시대의 실화를 싣고 있는데, 이는 단테의 독특한 관점에 의해 단순한 '이야기'를 넘어선 강렬한 현실성으로 되살아나고 있다.

더러운 이름을 후세에 남길 수야 있을 테니까.

내 이름은 백작 우골리노, 이놈은 사교 루기에리.

당신이 피렌체 사람이라면 들어 본 적이 있을 텐데……. 나는 이놈을 믿었다가 그만 죽음을 당하고 말았네. 그건 그래도 좋아. 정치란 잔인한 거래니까 말이야. 그러나 나를 죽인 그 방법만은 절대로 용서할 수 없어. 이놈은 나는 물론이고 우리 일족의 뿌리를 뽑아버리기 위해 내 자식들까지 높은 탑에 가두었어. 몇 번이나 달이 차고 또 기울었지. 처음에는 빵이라도 조금 넣어주더군. 새벽에 눈을 뜨면 자식들이 배가 고파 빵을 달라고 울부짖었어. 그렇게 몇 번이나 달이 차고 또 기울었지.

그러던 어느 날, 우리는 이상한 소리에 눈을 떴지. 지금 생각해 보면, 그건 탑의 문이란 문에 모두 못을 박는 소리였어.

그 이후로는 아무 소리도 들을 수 없었지. 놈과 피사의 시민은 나에게 배신자라는 멍에를 씌워, 살아 있는 우리를 그냥 석관에 집어넣어 버린 것이야.

하루, 또 하루가 지났어. 그때의 고통을 어떻게 말로 다할 수 있겠는가. 세상에는 입으로 전할 수 있는 일이 있고, 또 그럴 수 없는 일이 있다네.

그 다음 날, 나는 절망을 이기다 못해 내 손을 깨물었어. 그러자 그것을 본 아들이 나에게 그러더군.

'아버지, 우리를 먹으세요. 원래 당신에게 받은 몸, 그렇게 하면 우리의 고통도……. 자, 어서요, 아버지.'

놀란 나는 다시는 그런 행동을 하지 않기로 굳게 마음을 먹었다네.

다음 날도, 또 그 다음 날도, 우리는 단 한 마디도 하지 않았어.

나흘째, 가도가 죽었다네.

'아빠, 왜 나를 구해주지 않는 거야.'

그게 아들이 남긴 마지막 말이었어. 내 눈앞에서 자식이 하나, 또 하나 죽어가기 시작했지.

닷새쨌가 엿새째 되는 날, 나는 눈도 뜰 수 없는 지경에 이르러, 아들의 모습을 손으로 더듬으며, 그때부터 사나흘을 네 자식의 이름을 부르면서 보냈지. 그리고 마침내……."

남자는 거기까지 말하고는 미친 듯이 얼음 속에서, 같은 얼음 속에 잠겨 있는 남자의 목을 물어뜯기 시작했다.

우리는 그 남자를 뒤로 했다. 그리고 이윽고 지옥의 밑바닥, 최종지옥 주데카에 이르렀다.

🜲

얼음지옥의 제사第四 영역 주데카, 거기서는 신대에 많은 천사들을 유혹해 스스로 반란군을 조직하여, 신과 그 낙원에 대해 모반을 획책한 미모의 타락천사 루시퍼가 무서운 형상으로 죄인들을 벌하고 있었다. 등에는 세 쌍의 날개가 달려 있고, 그 여섯 개의 날개에서 불어오는 바람이 모든 것을 꽁꽁 얼어붙게 했다. 바람은 주데카에서 톨로메아, 안테노라, 그리고 카이나로, 지옥의 최하층 코키토스 전체를 얼음세계로 만들어버렸다.

머리에는 세 개의 얼굴이 달려 있고, 그 세 개의 입이 죄인들을 씹고 있었다. 빛나는 천사라는 이름을 가진 루시퍼도 지금은 그 거대한 몸을 자신이 일으키는 바람으로 얼려버린 얼음 속에 묻은 채였다. 그리고 브루

신에게 반역의 깃발을 들었던, 미모의 타락천사
그가 바로 지옥의 대왕 루시퍼
그의 몸에 난 여섯 개의 날개가 펄럭이면
얼음 바람이 일어나,
모든 죄인을 얼어붙게 하는
지옥의 밑바닥
코키토스

투스와 카시우스, 로마 황제 암살의 주모자들이 좌우의 입에, 그리고 주
예수 그리스도를 배신한 유다가 정면의 새빨간 얼굴의 새빨간 입에 물려,
바지직, 바지직 소리를 내며 씹히고 있었다. 눈물과 피의 범벅이 루시퍼
의 가슴을 타고 떨어져 내리고 있었다.

Purgatorio
연옥편

우리가 어떻게 지옥을 빠져나올 수 있었는지를 말하기로 하자.

참으로 불가사의한 지옥의 구조를 잘 알고 있는 베르길리우스가 아니었더라면, 난 거기서 산 채로 얼음감옥에 갇히고 말았을 것이다. 너무도 충격적인 광경에 그냥 얼이 빠져 멍하니 서 있는 나에게 베르길리우스가 말했다.

"서둘러야 해. 다시 밤이 올 거야."

베르길리우스는 재빨리 대왕 루시퍼에게로 다가갔다. 그리고 루시퍼가 코키토스에 얼음 바람을 내보내기 위해 날개를 드는 그 순간, 베르길리우스는 내달렸다. 나는 영문도 모른 채 있는 힘을 다해 그 뒤를 따랐다.

다음 순간, 나는 내 눈을 의심하지 않을 수 없었다. 베르길리우스가 대왕의 옆구리에 달라붙는 것이 아닌가. 망설일 틈도 없이 나도 그 뒤를 따라 옆구리에 난 딱딱한 털을 잡고 아래로 내려갔다.

'또 아래로 내려가야 하나……'

그런 생각을 하고 있는데 아래인지 위인지 모를 곳에서 베르길리우스의 목소리가 들려왔다.

"단테, 몸을 틀어야 하네. 이렇게 루시퍼를 잡고 다리는 위로 머리는 아래로 하고 몸을 빙글 돌려 보게."

애써 고통을 참으면서 몸을 거꾸로 돌리고 있는 베르길리우스를 보고, 나도 그렇게 따라 했다. 그 순간, 현기증과도 같은 기묘한 감각이 일어나더니 모든 것이 뒤집어졌다.

스승에 의하면, 루시퍼의 허리께에 형성된 자장이 중력을 역전시킨다는 것이었다. 루시퍼의 모습이, 마치 거울에 올라타서 아래를 내려다보는 것처럼 맑은 얼음 저편에 아래로 솟구쳐 있었다. 우리는 대왕의 다리를 타고, 아주 긴 컴컴한 동굴 같은 곳을 따라 자꾸만 위로 올라갔다. 얼마나 올랐을까. 한참 후에 마침내 머리 위에서 뻥 뚫린 구멍이 나타나고, 빛이 비쳐들고 있었다. 마침내 우리는 지옥을 벗어난 것이다.

거기에는 별이 있고, 공기가 있었다. 그리운 바다가 펼쳐져 있고, 저편에서 막 태양이 얼굴을 내밀고 있었다.

나는 자신의 몸이 마치 바다에 뜬 작은 배 같다는 느낌에 사로잡혔다.

지금 나는, 미친 듯이 몸부림치는 풍랑의 바다를 헤치고 돛을 올린 채, 한없이 청정한 뭔가를 찾아 바다로 나아가고 있다. 마침내 연옥의 높은 산으로 오르기 위하여.

인간들의 혼을 정화하는 제이第二의 세계.

뮤즈여, 시의 신이여, 시여, 다시 숨을 쉬어라.

사파이어 같은 빛이 비치고, 눈앞에 맑은 아침 공기 속의 수평선이 펼쳐졌다. 나는 명계의 바깥에 있었다.

"별이에요, 스승님! 바다가, 하늘이 빛나고 있어요. 아, 향기로운 이 공기! 숨을 쉬는 것만으로 내 몸이 다시 살아난 것 같아요."

소리 하나 들리지 않는 절대 정적의 세계가 펼쳐져 있었다. 그러나 그 고요함은 사람을 압살할 듯한 지옥의 무거운 정적과는 달리, 마치 노래가 시작되기 전, 기대에 가득 차 소리를 죽이고 있는 긴장된 고요의 순간처럼 풍성한 기운을 머금고 있었다.

새벽 별빛의 손짓을 따라
부드러운 빛이, 동쪽 하늘에서 퍼져 나가더니
물고기자리의 별빛이 사그라져 간다

아직 아슴푸레한 빛이 감도는 남쪽 하늘에는 남십자성이 빛난다. 북

숨을 죽이고, 별과 사람이 지켜보는 가운데
사파이어 색깔의 바다와 하늘에
지금, 찬란한 빛이 떠오르고 있다.

쪽 하늘에는 북두칠성이 보이지 않고, 하늘과 바다가 끝도 없이 펼쳐져 있다. 다시 그 네 개의 별을 보려고 남쪽으로 고개를 돌리는데, 거기에 홀연히 나타난 한 노인이 서 있었다. 하얀 머리칼, 하얀 수염, 위엄에 가득 찬 얼굴에 한 줄기 빛이 비치고 있었다. 연옥의 산지기 카토였다.

"참 이상한 일도 있구만. 자네들은 저 슬픈 어둠 속에서 나온 것 같은데, 이런 일은 여태 한 번도 본 적이 없다네. 대체 무엇이 자네들을 이끌어 주었는가? 그리고 어디로 가려 하는가?"

"나는 베르길리우스, 높은 곳에 계신 고귀한 분의 뜻으로 이 사람을 안내하고 있습니다."

거기까지 말하고 스승은 나에게 무릎을 꿇게 했다.

"그리고 여기 있는 단테라는 사람은 진정한 영혼의 자유를 얻기 위해서라면 목숨까지도 버릴 각오를 한 행자입니다. 인생의 반을 살고 난 후, 한 때 깊은 숲 속에서 모든 것을 잃어버릴 위기에 처했다가, 그곳에서 벗어나 지옥의 참담한 모습을 두 눈으로 보고, 이번에는 죄를 정화하려는 혼들의 모습을 보려 합니다. 그를 보내주십시오."

스승이 사연을 이야기하자 카토는 푸근한 미소와 함께 고개를 끄덕이

●두 사람은 마침내 예루살렘의 지하에 있는 지옥의 심층으로 내려가, 루시퍼의 허리를 중심으로 하여 지구의 반대편, 남십자성이 보이는 남반구로 나온 것이다. 시각은 마침 사랑을 상징하는 새벽 별빛이 황도 십이궁의 최후에 위치하여, 죽음과 지옥, 또는 부활을 나타내는 물고기자리의 빛을 지우는 바로 그 새벽녘이었다. 단테와 베르길리우스는 카토에게 사정을 설명하고, 허가를 받아 마침내 연옥의 산을 오르기 시작한다. 단테는 난초를 허리에 두르고 앞으로 나아간다. 카토의 말처럼, 난초는 바람을 거스르지 않고 머리를 숙이는 겸손을 아는 풀꽃으로, 연옥으로 가기 위해서 반드시 갖추어야 할 어떤 마음가짐을 나타내고 있다. 단테가 더러워진 얼굴과 눈을 씻는 것은 티베레 강이다. 그곳은 연옥으로 올라가는 망령이 모이는 언덕이기도 하다. 단테는 지금 강을 건넌 지점에 서 있다. 그 강은 산을 오를 수 있는 사람만이 건널 수 있다. 어쨌든 단테는 마침내 '빛'이 길을 비쳐주는 곳에 이른 것이다.

더니, 손가락으로 길을 가리켰다.

"이 섬의 해변가에는 바람의 흐름을 거역하지 않고 머리를 숙일 줄 아는 난초만이 나 있다네. 그 난초를 손에 들고 더러워진 얼굴과 눈을 정화한 다음, 위로 향하여 가면 된다네. 곧 해가 뜰 게야. 빛이, 자네들의 앞길을 가르쳐 줄 걸세."

햇빛이 바다를 오렌지색으로 물들일 즈음, 맑은 노랫소리와 함께 배한 척이 수평선 저편에서 바람처럼 수면을 미끄러지며 다가왔다.

"연옥의 산으로 오를 망령들을 태우는 배라네. 잘 보게, 돛도 없고 노도 없어. 저 넘칠 듯이 하얗게 빛나는 천사의 날개가 바람을 받아 배를 나아가게 하는 거라네. 자, 어서 무릎을 꿇고 두 손을 모으게."

가까이 다가올수록, 배는 도저히 눈을 뜨고 바라볼 수 없을 정도로 찬란한 빛을 뿜어냈다. 몸속까지 스며드는 듯한 맑은 노랫소리에는 백 명이 넘는 혼들의 목소리가 화음을 이루고 있었다. 고물에 선 천사의 아름다운 모습. 모두가 하나가 되어 노래하고 있었다.

"길 떠나는 이스라엘 백성이여, 저 먼 이집트를 탈출하여······."

신의 배는 조금의 무게도 느끼지 못할 정도로 경쾌하게 해변에 닿아, 죄를 씻기 위해 연옥의 산을 오를 망령들을 하나하나 내려놓고, 다시 바람처럼 경쾌하게 저편으로 사라졌다.

배에서 내린 사람들은 불안한 눈길로 사방을 둘러보다가, 이윽고 우리를 발견하고는 다가왔다.

"연옥의 산을 오르려 하는데, 어디로 가야 하나요?"

"우리도 처음입니다. 우린 좀 다른 길로 와서……."

베르길리우스가 그렇게 말하고 내가 고개를 끄덕이자, 모든 망령의 시선이 나에게로 모였다. 그 순간, 나는 내가 산 사람이란 걸 새삼 깨달았다.

"다른 길이라고? 저 사람, 숨을 쉬고 있잖아. 어떻게 산 사람이……."

두려움과 놀라움이 뒤섞인 탄성이 여기저기서 터져 나왔다. 그때, 망령들 사이를 헤치고 한 남자가 앞으로 나왔다.

"단테, 날세, 카셀라!"

거기에 그리운 친구가 있었다. 내가 쓴 시를 노래로 부르던 그리운 옛 친구 카셀라.

"이런 데서 다시 만날 줄이야!"

생각지도 않은 재회에 우리는 손을 잡고 기뻐했다.

"노래를 해 주게, 카셀라. 다시 한번, 우리 둘이서 만든 그 노래를."

카셀라가 노래하기 시작했다. 그의 목소리는 이전보다 더 부드럽고 맑게 가슴에 스며들어, 나도 베르길리우스도, 그리고 망령들도 카셀라의 노랫소리에 취해 갔다.

그때였다.

"언제까지 그렇게 취해 있을 셈이야!"

카토의 엄한 목소리에 우리는 문득 제정신을 차리고, 다시 산으로 나아가기 시작했다.

나는 베르길리우스와 나란히 걸었다. 이윽고 깎아지른 듯한 절벽이 나타나고, 그 위에서는 지복을 구하는 혼들이 우리를 내려다보고 있었다. 어디로 어떻게 올라가야 할지, 길을 찾느라 발 아래를 내려다보는 순간,

나그네여,
그대의 죄를 씻어라
죄가 무거울수록,
정화의 고행도 힘드나니
나그네여,
그대의 죄를 씻어라

내 몸에서 피라는 피는 모두 빠져나가는 것 같았다. 바위에는 내 그림자 밖에 없었던 것이다.

"왜 그러는가, 단테? 갑자기 새파랗게 질려서……."

베르길리우스의 목소리를 듣고 나는 가슴을 쓸어내렸다. 그림자가 하나밖에 없는 것을 보고, 나는 베르길리우스가 사라진 줄로만 생각했던 것이다.

"왜 그러는가, 단테? 이제야 내 그림자가 없다는 걸 알았는가?"

나는 베르길리우스의 얼굴을 멍하니 바라보았다. 이상한 일이었다. 새삼, 그림자가 없는 스승이 이렇게 살아 있는 것처럼 말을 할 수 있다는 사실이.

"단테, 자네에게 들려 줄 말이 있다네."

강하게 울려오는 스승의 말에 나는 퍼뜩 제정신을 차렸다.

"내 몸은 벌써 나폴리에 묻혔다네. 그러니 내게 그림자가 없을 수밖에. 그러나 이렇게 이야기하고, 느끼고, 또한 무엇보다 중요한 것은 내가 자네의 길을 안내해 주고 있다는 사실이야. 무엇이 중요한지를 알아야 해. 논리를 넘어서 두 눈으로 보아야 한다네. 그 이유를 생각하는 건 좋지만, 그럴 때도 쓸데없는 논리를 적용해서는 안 돼. 논리를 따르면, 사람이 나아갈 길은 너무도 좁아. 모든 것을 있는 그대로, 자연의 경치처럼 바라보면 된다네. 모든 것은 불가사의, 모든 것은 자연, 마음에 비치는 그대로를 아는 게 중요한 일이라네."

거기까지 말하고 스승은 조용히 발걸음을 옮겼다.

우리는 경사가 급한 언덕길을 오르기 시작했다.

바위산은 너무 높고 험해, 만일 베르길리우스가 이끌어주지 않았더라면 나는 그 산을 오를 수 없었을 것이다. 조금씩 앞으로 나아가는 스승의 뒤를 따라 나는 바위에 기듯이 달라붙어 한 걸음 또 한 걸음 올랐다.

얼마나 시간이 흘렀을까, 갑자기 시야가 트였다. 어느새 우리는 정상 가까이까지 올라 있었던 것이다.

"우리에게는 날개가 없으니……."

스승은 중얼거리듯이 이야기를 시작했다. 스승이 이런 식으로 말할 때는 반드시 중요한 내용을 담고 있다.

"이런 높고 험한 곳에 서려면 날개가 있어야 해. 그렇지 않으면 참으로 힘든 일이야. 날지 않고 오를 수 있는 높이가 아니니까……. 그러나 우리에게는 날개가 없어. 그럼 어떡하면 좋을까? 역시 뛰어 볼 수밖에 없지 않겠는가. 우리가 할 수 있는 일이란, 믿음을 가지고 발 아래를 잘 살피는 것뿐이지 않을까. 그리고 시간을 지워버릴 것……. 조금 전까지 밑바닥에 있던 우리가 이렇게 높은 곳에 올랐다는 것은, 우리가 날았다는 증거가 아닐까……."

"어린 시절의 일이지만, 무슨 일에 열중하다가 문득 정신을 차려보면, 너무 멀리까지 와 있다는 것을 깨달은 순간이 있었습니다. 그와 똑같은……."

"그렇다고 할 수 있지. 하지만 단테여, 그리 마음에 둘 것까진 없다네. 연옥의 산과 이 오르막길은 처음에는 힘들지만 가면 갈수록 쉬워진다네."

"정말 그런가요?"

그때, 발 아래서 묘한 소리가 들려왔다.

길가의 바위 아래에 사람들이 있었다.

"자네는 알고 있는가? 이 앞에 문이 있고, 그 위가 진짜 연옥이란 것을. 자넨 말귀가 밝아서 좋지만, 너무 머리가 날렵한 게 흠이야. 스승님 말씀을 정말로 알아들었는가, 자네?"

세상은 참으로 좁다. 생떼 부리기로 유명한 벨라콰를 여기서 만나다니. 마음은 더없이 좋지만 너무 게으른데다, 한 입으로 두 말을 잘 하는 사람이었다.

"자네! 대체 여기서 뭘 하고 있어?"

"기다리고 있는 거야. 자네도 잘 알다시피, 난 게으름뱅이라 내가 지은 죄를 참회하는 것도 다른 사람보다 좀 늦었어. 그래서 그만큼, 아니 정확히 말하자면, 다른 사람보다 서른 배의 시간을 여기서 기다려야 한다는 구만. 그 시간을 견딘 후에도 문을 지키는 분이 나를 고분고분 보내줄지는 모를 일이야. 그러니 어쩌겠어, 그냥 이렇게 기다릴 수밖에."

"여전하구만, 벨라콰. 그렇지만 저 멋진 배를 타고 여기 온 것만 해도 얼마나 다행인가. 그러고 보니, 자네는 악기를 잘 만들지 않았던가. 스승님 말씀으로는, 현세의 사람이 연옥의 섬에 사는 사람을 위해 기도를 올릴 때마다 이렇게 기다려야 할 시간이 줄어든다고 하네. 다들 자네의 그 억지에는 두 손을 들고 말았지만, 자네가 만든 악기로 얼마나 즐거워하고 마음에 위안을 받았는지 몰라. 다들 자네를 위해 기도해 줄 게야. 난 이제 가야 하네. 자네, 절대로 문지기에게는 쓸데없는 생떼 부리지 말게."

그러고 잠시 나아가자 함께 모여 찬미가를 부르는 망령들이 보였다.

길을 서두르느라 그곳을 그냥 지나치려 하는데, 갑자기 노랫소리가 흐트러졌다. 누군가가 우리, 아니 내가 살아 있다는 것을 느낀 것 같았다.

노랫소리가 그치고, 소곤대는 소리가 퍼져 나갔다.

"저길 봐, 그림자를 끌고 가잖아! 옆에 있는 다른 한 사람은 누굴까?"

베르길리우스가 괘념치 않고 그냥 나아가는 바람에 나도 서둘러 그 뒤를 따랐지만, 들려오는 망령들의 목소리가 마음에 걸렸다. '벨라콰가 있는 걸로 봐서 또 다른 아는 사람이 있을지도……' 그런 상념에 사로잡혀 발걸음을 옮기는데 스승의 맑은 목소리가 들려왔다.

"단테, 왜 그리 마음이 어지러운가. 다른 사람의 말소리가 그리 마음에 걸리는가. 보아야 할 것, 보지 말아야 할 것, 들어야 할 것, 듣지 말아야 할 것을 좀 더 명료하게 구분하도록 하게."

나는 얼굴을 붉혔다. 베르길리우스는 내 마음을 꿰뚫어보고 있었다.

"봐, 저기 두 사람이 우리 쪽으로 오고 있지. 우리가 누구인지 확인하러 오는 게야. 그들은 죽기 직전에 자신들이 범한 죄를 뉘우친 사람들이야. 그래서 지옥만은 면하게 되었어."

"잠시 실례……."

그들의 말이 끝나기 전에 스승이 대답했다.

"자네들이 생각한 그대로야. 이 사람은 살아서 명계를 여행하고 있네."

그 말을 듣고, 두 사람은 바람처럼 동료들 쪽으로 달려갔다.

●누가 봐도 무거운 죄를 범한 사람이 거기에 합당한 벌을 받는 지옥에 비해, 연옥은 그 성격이 조금 다르다. 앞서 걸어가면서 베르길리우스가 던지는 말과 그 태도에는 깊은 뜻이 감추어져 있는데, 간단히 이해하기 힘든 면이 있다. 지금 이곳은 연옥에서도 죄를 정화하는 길에 들어서기 전 단계에 속한다. 망령들은 높은 산 중턱에 있는 길 입구의 문 앞에서, 각자 자신의 힘으로 길을 찾아가지 않으면 안 된다. 보고, 듣고, 스스로 판단하여 나아가야 한다. 단테 또한 스스로 판단해야 할 단계에 있는 것이다.

베르길리우스는 지옥에 이어서 연옥에서도 길을 안내하는 스승의 역할을 하고 있다.

두 사람이 전하는 말을 듣고, 망령들은 앞을 다투어 달려왔다. 그리고 한결같이 자신의 신세타령을 하기 시작했다. 죽기 직전에 이르러 잘못을 뉘우친 그들은, 당연히 지상에 남은 사람들이 자신이 지옥에 떨어졌다고 생각한다는 것을 안다. 그들은 세상에 남은 가족과 친구들에게 지금 지옥이 아닌 연옥에 있다는 사실을 알리고 싶어 했다. 한 사람, 그리고 또 한 사람, 차례대로 나에게 말을 걸어왔다. 모두들 내 눈을 바라보면서, 심각한 표정으로 조심스럽게 말했다. 산 사람이 올리는 기도가 얼마나 효과가 있는지 나로서는 알 길이 없지만, 조금이라도 도움이 된다면 무슨 일이든 해 주고 싶은 마음을 불러일으키는 그런 간절한 눈길이었다.

"나는 몬테펠트로 출신의 부온콘테라 하오. 당신도 아시겠지만 피렌체의 당파 싸움에서 상처를 입고 말았소이다. 피를 흘리며 아르키아노 강변에 이르러 마침내 숨을 거두고 말았지요. 그때 나는 나도 모르게 마리아 님의 이름을 부르고, 가슴에 십자가를 그었다오. 내 혼이 몸을 떠나기 바로 직전, 벌써 지옥의 사자가 나를 데리고 가기 위해 와 있었는데, 하늘에서 천사가 내려와 나를 지켜 주었기에 이곳에 오게 된 것이라오."

다른 한 사람이 말했다.

"나는 피아라고 합니다. 당신이 이 여행에서 돌아가 피로가 풀렸을 때, 내 이름을 기억해 주시기를 간절히 바랍니다. 당신도 잘 아시다시피, 현세에서는 지금도 나를 심하게 욕하고 있을 것입니다. 그러나 내게도 할 말이 있습니다. 그 분이, 내 남편 시에나가 아름다운 서약의 반지를……. 아아, 그렇게 하여 나는 지금도 미망인이라오. 마리마 사람들이 나를 모함한 것입니다."

감정을 억누르느라 더듬거리는 피아의 말이 내 가슴을 아프게 했다.

현세 사람들은 정말 제멋대로다. 어떤 사람은 피아가 불륜을 부끄러워하여 탑에서 몸을 던졌다고 하고, 또 어떤 사람은 남편이 그녀의 재산을 빼앗기 위해 밀어버렸다고 한다. 그리고 어떤 사람은, 아무도 그 이유를 알수 없는 죽음이라고도 한다. 죽고 나면 아무런 반론도 할 수 없다. 지금이렇게 현세에 말을 전해 줄 나라는 사람을 눈앞에 두고서도 그녀는 말을다 하지 못하고 있다. 그러나 이야기하는 그 태도만 보아도 그녀가 지옥에 떨어질 만한 죄를 범하지 않은 것이 분명하다. 반드시 그녀를 위해 기도하리라 다짐했다. 그러나 그와 동시에, 내 가슴에서는 한편으로 영문을알 수 없는 의구심과도 같은 우울한 마음이 솟구쳤다.

"스승님, 제 기도가 정말로 그들에게 도움이 될까요. 사람의 기도가과연 신의 마음에 닿을까요. 아니 그보다, 만일 그 기도가 도움이 된다면, 대체 심판이란 무슨 의미가 있을까요?"

"그렇게 중요한 문제일수록 성급한 결론을 내리지 않는 게 좋지 않을까?"

스승은 아득한 눈길로 그렇게 말했다.

"마음을 비추는 빛이 다가올 때까지 알려고 하지 말 일이야. 내 말뜻을 알겠는가. 이곳을 지나, 산을 다 올랐을 때, 자네는 베아트리체를 만날게야. 기쁨과 행복에 가득 찬 만남이⋯⋯."

나는 마음을 다잡고 앞을 바라보며 속으로 중얼거려 보았다.

'어쨌든 지금은 앞으로 나아가는 거다.'하고.

바로 거기에 날카롭게 우리를 응시하는 시선이 있었다. 베르길리우스도 날카롭게 그 눈길을 받으며 남자에게 다가가 길을 물었다.

"나는 만투아 출신의 베르길리우스."

그 말을 듣더니 남자의 험악한 표정이 풀어지고 표정에 기쁨의 물결이 일었다.

"오, 친구여! 나 또한 만투아 출신의 시인 소르델로라오."

두 사람은 서로 끌어안고 기뻐하며 따뜻한 말을 주고받았다. 진실을 외쳤기에 사람들에게 이해받지 못했던 고고한 혼의, 하나를 말하면 열을 이해하는 대화를 지켜보면서 내 가슴은 뜨겁게 타올랐다. 그와 동시에 갈 곳 없는 분노와 슬픔과도 같은 감정이 나를 덮쳤다.

'이탈리아여, 어리석은 이탈리아여, 이렇게 고귀한 혼을 두고서 너는 그들에게 무슨 짓을 했던가. 그들의 말에 얼마나 경건히 귀 기울였던가.'

감정이 북받친 나는 그만 큰 소리로 외치고 말았다.

"밤낮으로 전란에 휩싸인 이탈리아여, 그 땅에도 사람이 있었구나. 피렌체여, 너 또한 그렇구나. 하루 종일 아무리 법을 만들어 본들, 그 법이 평화를 지킬 수 있느냐. 정의를 외치며, 재판을 하고, 추방하고, 그래도 안 되면 또 법을 만드는 그대여. 어리석은 환자와 무슨 다를 바가 있느냐. 고통으로 몸을 뒤척이면서, 그 고통을 침대 탓으로 돌리다니. 네가 고쳐야 할 것은 바로 네 몸이 아니더냐!"

나의 격정에 찬 말에 놀라 두 사람은 내 쪽을 돌아보았다. 베르길리우스는 나에 대해 설명해 준 다음 이렇게 물었다.

"그런데, 소르델로, 산을 오르려면 어느 길로 가야 하는가."

"길도, 있어야 할 장소도, 딱히 정해진 게 아니라오. 물론 내가 아는 한 안내를 해드리겠네. 다만, 해가 지려 하는군. 빛이 없으면 오를 수 없다오. 우선 이쪽으로 오시게나. 선량한 망령들이 모여 있는 곳이 있소."

소르델로의 뒤를 따라가자, 저녁 어스름이 깔려 가는 나무 사이로 빛

이 비쳐드는 곳에서 아름다운 노랫소리가 흘러나오고 있었다. 맑은 물소리 같은 노랫소리에 씻겨 망령들은 보석처럼 빛나고 있었다. 그들은 세상의 어지러움을 구하기 위해 몸부림쳤던 통치자들이었다. 황제 루돌프도 있었다. 보헤미아의 왕 오토카르, 시칠리아의 페데리코, 아라곤의 카를로스 왕 같은 사람들이 모여, 나라의 미래를 염려하며 자신의 무력함을 한탄하고 있었다.

어둠의 장막이 드리우자 노래가 바뀌었다.

"빛 앞에서."하고 한 사람이 선창하자, 다른 사람이 그 뒤를 이어받았다.

"방황하는 마음은 주 앞에서, 찬란한 빛 가운데서만……."

"저 노래가 끝나면 제각기 자리를 잡고 쉴 거라네. 곧 두 천사가 내려오겠지. 여린 나뭇잎 색깔의 의상을 입고, 녹색의 날개로 바람을 가르고, 손에는 검을 들고."

소르델로의 말이 끝나자마자 머리 위에서 두 천사가 화살처럼 빠르게 지나갔다. 갈색 머리카락이 바람에 흩날리며 번쩍 하고 내 눈을 찌르는가 싶더니 어느새 하늘 저편으로 사라져 버렸다.

"어두워지면 뱀이 나타나서 주위를 엿보다가, 빈틈만 보이면 어둠을 타고 망령들이 모여 있는 계곡 속으로 파고들려 한다오. 천사는 그것을 막기 위해 매일 저렇게 계곡을 둘러보고 뱀을 쫓아내고 있는 것이지."

"뱀은 어디서 오는 것입니까?"

나는 겁먹은 목소리로 물었다.

"그걸 알면 이 고생도 없겠지. 다만 마음을 다잡고 뱀을 피하면 된다네."

소르델로는 갑자기 말을 멈추고 건너편 수풀 속을 가리켰다. 거기에는 한 마리 뱀이 징그러운 대가리를 뒤집어서 짐승처럼 자신의 등을 핥고

는 수풀을 뚫고 스르르 다가왔다. 이브를 유혹했던 바로 그 뱀이었다. 그 순간, 천사의 날갯짓소리가 바람을 가르고, 그 소리를 들은 뱀은 혼비백산하여 도망쳤다.

뱀도 천사도 망령들도, 모두 제 갈 곳으로 돌아가자, 주위는 갑자기 적막에 감싸였다. 별을 바라보면서 우리는 천천히 길을 걸었다. 연옥 앞에서 만난 망령들의 표정과 말이 눈과 귀에 피로의 덩어리로 남은 뜨거운 내 몸을, 시원한 밤바람이 식혀 주었다.

우리는 어느새 연옥산 아래에 와 있었다. 하늘을 가득 덮은 별들. 나는 바위에 앉아 멍하니 별이 빛나는 하늘을 올려다보고 있었다.

"단테여, 무엇을 보고 있느냐."

"별이 보입니다. 남쪽 하늘에 빛나는 저 세 개의 별이 왠지 마음에 걸립니다."

"별에 마음이 끌린다니 참 다행스런 일이야. 저 별은……."

베르길리우스와 나는 일몰과 함께 찾아온 적막한 시간을 이런저런 이야기를 하면서 보내고 있었다. 생각해 보니 한 번도 쉬지 않고 걸어왔다. 베르길리우스를 만나 지옥의 문 안으로 발을 들이밀었던 것이 아주 먼 옛날의 일처럼 느껴진다. 눈을 감으면 몽롱한 의식 속에서 내가 지나온 모든 것이 하나하나 되살아난다. 사람은 죽기 전에 자신의 일생을 한순간에 다 보게 된다고 하는데, 그게 바로 이런 것인지도 모른다는 생각이 들었다. 계곡이, 불이, 사람이, 크게 열린 눈이, 입이, 뭔가를 말하려 하는 프

●단테가 명계를 여행한 이래로 처음 맞이한 적막한 시간이다. 단테가 여행을 떠난 것은 성스러운 부활제의 성 목요일이었다고 하는데, 지금, 성 일요일이 저물어 가고 있다. 단테가 바라보는 밤하늘에서 빛나는 세 개의 별이란, 인간을 지탱하는 가장 기본적인 힘이라 할 수 있는 세 개의 빛, 즉 희망, 믿음, 사랑을 나타낸다. 단테는 저도 모르는 사이에 그 힘을 느끼기 시작한 것이다.·

란체스카의 얼굴이……. 그 모든 것이 어딘가 먼 곳으로, 소리도 없이, 흘러서 사라져 버린다. 나는 어느새 깊은 잠에 빠져 들고 있었다.

갑자기 황금의 날개를 가진 커다란 새가 나타났다.

큰 새는 빛 속을 몇 번 선회하더니, 빠르게 몸을 돌려 번개처럼 내려왔다.

'먹이라도 발견한 것인가…….'

그러나 그 큰 새는 나를 노리고 내려온 것이었다. 눈 깜짝할 사이에 황금의 새는 나를 낚아채더니 하늘 높이 날아올랐다.

숨을 쉴 수 없을 정도로 빠르게 바람을 가른다.

황금색 깃털이 빛처럼 떨어져 내린다. 바다가, 대지가 멀어진다.

더 높이, 더 높이.

큰 새는 나를 붙든 채, 태양을 향해 날아오른다.

눈이 부시고, 몸이 탈 듯이 뜨겁다.

황금색 날개가, 넘치는 빛 속에 녹아든다.

큰 새는 더 크게 날갯짓하며 빛 속을 날아간다!

'아아, 눈이…….'

나는 소리도 아닌 소리로 외치며 잠에서 깨어났다.

꿈을 꾼 것이다.

태양은 벌써 동쪽 하늘에 높이 솟아올라 있었다. 아직도 멍한 의식으로 주위를 둘러보니, 나는 낯선 장소에 와 있었다. 바다가 저 멀리 아래로 보이는 높은 곳, 연옥산의 중턱에 와 있었던 것이다.

고개를 돌려보니, 거기에는 돌문이 하나 있었다.

삼색의 돌계단이 있고, 그 위에 천사가 걸터앉아 있었다. 새하얀 검을 들고 의연한 자세로 앞을 바라본 채.

첫째 단은 흰색, 둘째 단은 짙은 청색, 그리고 셋째 단이 피처럼 붉은 대리석이었다. 그 돌계단 위에서 천사가 우리에게 물었다. 스승이 사정을 설명하고, 덧붙여 내가 문을 열어줄 것을 간절히 청했다. 황금색에 타다 만 재 같은 색깔의 옷을 입은 문지기는 엄숙한 표정을 조금도 풀지 않고, 내 가슴을 세 번 두드리더니, 손에 든 검으로 내 이마에 죄를 나타내는 첫 글자, 일곱 개의 P를 새겨 넣었다. 그리고 이번에는 금과 은 두 개의 열쇠를 꺼내더니 그것으로 무거운 문을 살짝 열어주었다.

절대로 뒤를 돌아보지 말라
그대 이마에 난 일곱 개의 상처를,
나의 검으로 새긴 일곱 개의 P를
하나하나 씻어내고, 절대로 뒤를 돌아보지 말라

우리는 좁은 바위 사이를 뚫고, 마침내 연옥산을 둘러싼 일곱 줄기의 순환로 가운데, 최초의 순환로에 들어섰다.

길 한쪽은 절벽 아래로 떨어져 내리고, 또 다른 쪽은 높이 솟구쳐 오른 벽에 닿아 있었다. 그리고 그 암벽에는 정교하게 새겨진 부조가 긴 두

●단테는 잠이 든 사이에, 즉 현세의 속인으로서 의식을 잃고 있을 동안 죄를 정화하는 순환로의 입구에 와 있었다. 다만, 단테는 그때까지의 과정을 꿈을 통해 느끼고 있었다.
심판의 천사는 삼색의 돌계단 위에 검을 들고 앉아 있는데, 그 색깔에는 고유의 의미가 있다. 흰색, 청색, 빨강색의 삼색은 그 순서대로, 자신의 마음이 범한 죄를 성실하게 고백하고, 그것을 참회하고, 그리고 기꺼운 마음으로 죄의 대가를 치름을 나타낸다. 또한 문지기가 들고 있는 두 개의 열쇠 가운데 황금의 열쇠는 삼색의 마음을 가진 자를 받아들이고, 은색 열쇠는 그런 조치를 기꺼이 받아들임을 뜻한다. 또한 '절대로 뒤를 돌아보지 말라'라는 말은, 일단 그렇게 마음을 정하고 안으로 들어간 이상 다른 마음을 먹는 즉시 바깥으로 쫓겨남을 뜻한다. 그리고, 단테를 여기까지 데리고 온 큰 새는 빛의 성자 루치아의 화신이다.

루마리 그림처럼 펼쳐져 있었다.

　기도하는 마리아의 모습이 보였다. 신의 궤를 끄는 소가 있었다. 황제 트라야누스가, 그를 둘러싼 사람들이 있었다. 신과 인간들의 드라마가 거기에 펼쳐진 그 두루마리 부조의 세계 속에, 마치 내가 들어가 있는 듯한 착각이 들 정도로, 그들의 숨결이 가까이 느껴졌다. 그 부조는 석공의 기술이 이룰 수 있는 경지를 넘어선 곳에 있었다. 비록 그들이 목소리는 내지 않았지만, 그 노랫소리가 내 마음에 울려왔다. 손끝 하나 움직이지 않았던 그 부조 속 인물들이, 지금도 생생하게 뇌리에 되살아난다. '대체 누가 어떻게 이런 조각을⋯⋯.' 그런 의문을 느낄 수밖에 없는 파노라마가, 공기와 바람과 경치보다 더욱 자연스런 모습으로, 태초부터 원래 거기에 있었던 것처럼, 장엄하게 펼쳐져 있었다.

　나는 잠시 얼이 빠져 그것을 바라보고 있었다. 보면 볼수록 그 속으로 빨려들 것 같았다.

　"한 곳만 그렇게 보지 말게나."

　베르길리우스의 목소리에 놀라 눈길을 돌리긴 했지만, 나의 혼은 또 다른 곳으로 빨려 들어갔다. 이러다간 끝이 없을 것 같다고 생각한 스승은 발길을 옮기기 시작했고, 나도 그 뒤를 따랐다.

　"인간이란 참으로 나약한 존재라네. 아무리 강한 외적이라도 자신의 내면에 있는 나쁜 감정에 비한다면 얼마나 손쉬운 상대인지 모른다네. 연옥의 일곱 개의 순환로에는 그런 죄를 씻기 위해, 스스로 고통을 지고 참

아내는 사람들이 있어. 자, 저기를 보게. 무거운 돌을 지고 허리를 굽힌
채, 마치 절을 하듯 머리를 숙이고 천천히 길을 가는 사람들을……. 인간
이 범하기 쉬운 일곱 개의 죄 가운데 하나인 오만과 자만을 씻으려는 사
람들이라네.”

그들은 한결같이 벌거벗은 모습으로, 돌의 무게를 견디며 묵묵히 가
파른 길을 오르고 있었다.

그 중 한 사람이 나에게 말을 걸었다.

“나는 움베르토라고 하네. 아버지는 토스카나의 실력자였어. 대단한
혈통의 가문이었지. 그런데 그게 오히려 나를 망치고 말았다네. 가문 좋
고 부자였어. 어리석게도 나는 아무 의미도 없이 그걸 자랑하고 다른 사
람들을 경멸했다네. 결국 그것 때문에 난 살해되고 말았어. 지금은 당연
한 인과응보라고 생각한다네. 그래서 나는 허리를 구부리고 이렇게 짐을
진 채 걸어가고 있다네.”

그 모습에 감동하여 나도 모르게 고개를 숙이고, 그들과 보조를 맞추
어 걸었다. 그렇게 낮게 걷는 내 얼굴을 보았는지, 누군가가 내 이름을 불
렀다.

“단테, 날세. 오데리지. 세밀화에서는 누구에게도 지지 않는……. 다
들 나를 추켜세우는 바람에 나도 그 칭찬을 기분 좋게 받아들이고, 한껏
뽐내고 다녔더랬지. 그런데, 지금 이렇게 제정신을 차리고 보니 볼로냐의
프란시스코가 나보다 한 수 위더군. 한때의 명성은 참으로 헛된 것이야.
어리석게도 그런 허망한 명예를 두고 경쟁을 했어……. 난 그 죄를 씻기
위해 이렇게 걷고 있는 걸세.”

살아 있을 때의 오데리지에게서는 절대로 들을 수 없는 말이었다. 병

든 몸에서 열기가 빠져 나가듯이, 사람의 마음에서 무의미한 교만이 사라지면, 이렇게 솔직하고 아름다운 모습으로 변하는구나 하는 생각을 하면서, 나 또한 돌을 진 자세로 그들과 함께 가파른 길을 올랐다.

"이제 됐네, 단테. 자네가 할 일이……."

스승의 말에 나는 자세를 고치고 빠른 걸음으로 길을 서둘렀다.

잠시 나아가자 평평한 공간이 나타나고, 지면에는 다양한 조각이 진열되어 있었다. 오만의 벌을 받은 열세 명의 인물상이었다. 니오베와 사울을 비롯하여 그리스 신화나 성서에서 보았던 인물들이 그 최후의 모습을 영원 속에 새겨놓고 있었다.

그 가운데서도 특히 눈길을 끄는 것은 아라크네였다. 아름다운 용모에 베를 잘 짜는 기술을 가졌기에, 여신 아테네와 경쟁을 하다가 마침내 거미로 변해버린 그 아라크네의 모습이 새겨져 있었다.

산 채로 조각이 되어버린 열세 명의 모습이 진열된 장소에서 한 걸음 벗어나자, 몸이 조금 가벼워진 듯한 느낌이 들었다. 기분 탓인가 했지만, 베르길리우스는 웃으면서 그 이유를 말해 주었다.

"만일 여기에 거울이 있다면 자네도 알 수 있을 걸세. 자네 이마에 새겨진 P가 하나 지워진 게야. 자, 여기가 연옥의 두 번째 순환로라네, 질투의 죄를 씻는 곳이지."

남루한 옷을 입은 사람들이 쭈그리고 앉아 바위에 몸을 기대고 있었다. 기도의 노랫소리가 들려왔지만, 그것은 비통한 울림으로 가득 차 있었다. 미약한 소리가 모여, 바위에 메아리치면서 둥그런 길 전체가 떨리

는 것 같았다. 아무래도 그들은 눈을 감고 있는지, 이렇게 많은 사람들이 모여 있는데도 도무지 시선을 느낄 수 없었다. 혹시 눈이 먼 사람들인가 하고 가까이 다가갔을 때, 나는 믿을 수 없는 광경을 보았다. 눈꺼풀이 바늘로 기워져 있었던 것이다. 그 아픔을 어떤 말로 표현하면 좋을까. 다른 사람을 질투한 죄를 씻기 위해서, 실로 기운 눈꺼풀 아래에는 눈물이 고여 있었다.

"마리아 님, 미카엘 님, 베드로 님, 모든 고귀한 분이시여, 우리에게 오소서."

애절한 노랫소리가 땅바닥을 울리면서 떨리듯이 기어갔다.

여기서 견뎌야 할 시간이 얼마나 길게 느껴질까. 아아, 연옥산을 둘러싼 둥그런 길이 여기서는 몸을 꼼짝할 수 없을 정도로 좁아, 사람들은 서로 몸을 기대고 바위에 달라붙어 있었다. 눈먼 사람들이 고개를 들어올렸다. 하늘을 향해 기도를 올리는 듯한 자세로, 발자국 소리가 들리는 쪽에 귀를 기울이고 있는 것이다.

'혹시 우리를 하늘에서 내려온 사자로 착각하여, 죄를 사한다는 말을 들으려 하는 게 아닐까.'

너무 불쌍하기도 하고 미안한 생각이 들어, 나는 그 중 한 사람에게 말을 걸었다.

"언젠가 나도 당신들처럼 눈꺼풀을 깁고 아픔을 참아야 할 살아 있는 인간입니다. 난 그렇게 다른 사람을 질투하고 시기한 적이 없으니, 여기

서 참고 견뎌야 할 시간이 그리 길지는 않을지 모르겠지만, 내가 마음에 걸리는 것은 이 아래의 길, 오만의 죄를 정화하는 곳입니다. 아마 나는 그곳에서 다른 사람보다 더 오래 고통을 견뎌내야 할 것입니다."

"그런 당신은 누구신가? 산 몸으로 연옥에 오다니, 꽤 유명한 사람이 아닌가?"

"아닙니다. 난 보잘것없는 한 나그네에 지나지 않아요. 가야 할 길을 구하는 마음만은 누구에게도 지지 않지만, 아무 이름도 없는 사람이라오."

그때 머리 위에서 천사의 노랫소리가 들려왔다. 다른 사람을 시기하고 질투한 죄를 씻어주고 가르치는 그 노래는 때로 세차게, 때로 속삭이듯, 그러다 천둥처럼 웅장하게 사방에 울려퍼졌다.

노래를 멈춘 천사는 눈부신 빛을 발하면서 우리 두 사람 쪽으로 다가왔다.

"이제 앞으로 나아가도록 하라. 언덕길은 더 완만하고 편할 것이니."

우리가 두 번째 길을 뒤로 하고 그곳을 떠나자, 우리를 축복하는 노랫소리가 애절하게 메아리쳤다. 벌써 또 하나의 P가 지워져 있었다.

몸은 분명 가벼워졌지만, 내 의식은 왠지 몽롱했다. 만일 베르길리우스가 없었다면, 절벽 아래쪽으로 떨어지고 말았을 것이다. 그러나 그건 나중에 깨달은 일일 따름이다. 환각 속에 있는 사람은 그 가운데 있을 동안은 자신이 보고 있는 것이 환각인 줄을 모른다. 현실과 똑같은 슬픔과 분노를 느끼기 때문이다.

나는 어느새 그런 환각에 빠져 있었다. 분노하고 슬퍼하는 사람의 모

습이 끊임없이 나타났다가는 사라졌다.

'어디 갔었어, 왜 그런 짓을 했지?'

자식을 슬프게 바라보는 어머니의 모습이 보였다.

'제발 부탁입니다. 저놈의 팔을, 내 딸을 더럽힌 저 팔을, 잘라 주세요.'

분노의 눈물로 볼을 적시고, 필사적으로 호소하는 어머니의 모습이 보였다. 그리고 이번에는 수많은 남자들이 분노하여 미친 듯이 손에 손에 돌을 들고, '죽여라! 죽여라!' 하고 외치면서 한 젊은이의 뒤를 쫓아가고 있다. 이윽고 자욱한 연기가 나의 환각을 지워버렸다.

눈을 뜰 수 없을 정도로 자욱한 연기 속에서, 나는 베르길리우스의 손에 이끌려 조금씩 앞으로 나아갔다. 노랫소리만이 멀리서, 또는 가까이에서 들려오고 있었다.

"스승님, 저건 무슨 노래입니까?"

"분노에 휩쓸린 마음의 끈을 풀어주는 노래라네. 손을 놓으면 안 돼, 단테."

"누구냐! 우리 이야기를 하면서 연기 속을 뚫고 가는 놈은. 이런 연기 속에서 허망한 세상 이야기를 하는 그대는……."

"나는 단테. 사연이 있어 지옥을 지나 여기에 이르렀고, 더 높은 곳으로 가려는 자라오. 현세의 잣대로 사물을 보는 나이고 보니, 이런 연기 속에서는 도저히 전후좌우를 분간할 수 없다오. 그대가 누군지는 모르겠지만, 가르쳐 주지 않겠소, 우리가 갈 길을. 이 길이 올바른 길인지를."

"내 이름은 마르코. 롬바르드 출신이라네. 세계를 알고 있었다네. 지금은 아무도 인정해 주지 않지만, 신의 뜻과 그 힘을 알고 있다고 생각했던 사람이었어. 하긴 이제 와서 그런 말이 무슨 소용이 있겠나. 질문에 답하겠네. 자네는 지금 올바른 길을 가고 있다네. 위로 가면 나를 위해 기도라도 해 주게나."

"내 약속하지요. 그런데 지금 그대 말을 듣건대, 당신은 아주 덕을 많이 쌓은 사람 같으오. 게다가 나 같은 사람은 근접하지도 못하는 뭔가를 본 사람인 것 같기도 하고. 길을 가르쳐 주어 고맙소이다. 또 한 가지 묻고 싶은 것은……."

이전부터 내 마음에 걸렸던 한 가지 의문이 나도 모르게 입을 타고 흘러나왔다.

"그대 말에는 나의 고뇌에 대한 해답을 줄 수 있는 뭔가가 있는 것 같소이다. 간단히 말씀드리지요. 지금, 세상은 혼란에 빠져 있습니다. 도의도 이성도 사라지고 말았지요. 오히려 악이 번성하고 있다고 할까요. 왜 이런 세상이 되고 말았을까요? 인간이 신의 피조물이라면, 또는 신이 이 세상을 다스리고 있다면……."

마르코는 내 말에 깊은 한숨을 내쉬더니, 아아, 하고 고통스럽고 슬픈 탄식을 하고 난 다음, 이렇게 말했다.

"이 세상에는 눈에 보이지 않는 연기가 가득하다네. 눈을 활짝 뜨고는 있지만 결국 그것을 못 보고 있는 게지. 그런데도 자네들은 '왜?' 하고 그 이유를 찾으려 하고 있어. 그 이유를 알아서 대체 어떻게 하겠다는 건지 모르겠어. 알건 모르건 결국은 하늘의 탓으로 돌릴 텐데 말이야. 세계를 움직이는 힘이 신의 뜻이라고 '한다면', 하고 자네들은 말하지. 그것이

섭리라고. 그렇게 돼도 정의, 그렇게 되지 않아도 정의라고. 그렇다면 자네들이 살아야 할 길은 없지 않겠는가. 문제는 그게 중요하지 않다는 거라네. 만물이 모두 신의 뜻에 의해 결정되어 있다면, 살아갈 의미가 있을까? 하늘이 자네들을 움직이게 한다네. 그러나 그것을 알고, 그것을 빛으로 삼고, 그것을 자신의 힘으로 만들어 간다면, 자네들은 하늘의 작용에도 이길 수 있을 것이야. 그것이 바로 자유가 아니겠는가. 혼란은 자네들 마음속에 있을 따름이야. 아아, 더 이상 같이 갈 수 없구나."

연기는 안개로 변하고, 이윽고 거짓말처럼 그 안개도 사라져 버렸다. 지나고 보면 모든 것이 꿈. 내 곁을 걸어가는 베르길리우스의 얼굴이 보인다.

'대체 그건 뭐였을까? 연기 속의 그 목소리는 대체 어디서 들려온 것일까? 그 모습을 본 것 같기도 하고 못 본 것 같기도 하고⋯⋯ 그러고 보니 그 외에도 많은 것을 보았어. 미친 듯이 분노하던 사람, 슬프게 탄식하는 사람⋯⋯ 그것도 연기가 만들어 낸 환각이었을까⋯⋯.'

그때 한 줄기 바람이 불어오고, 속삭이는 듯한 노랫소리가 들려왔다.

"아름다운 고요함이여, 깊은 죄와 분노를 버리고, 그 후의⋯⋯."

천사였다. 노래하면서 하늘을 가로질러 가고 있었다.

다시 밤이 찾아왔다. 천사의 날갯짓 소리와 노랫소리가, 빛이 멀어져가고, 그와 함께 나는 불안해지기 시작했다. 그래서 그런지 발에서 힘이 빠져나가는 것 같았다.

"왜 그러는가, 단테. 자네 몸은 여기서 또 가벼워졌을 텐데 말이야."

"전 아직 진리를 깨우치지 못한 것 같습니다. 마음은 늘 뭔가 의지할 곳을 구하고 있습니다. 죄를 나타내는 P라는 글자가 하나씩 지워져 갈 때마다, 내가 기댈 언덕이 하나씩 사라지는 것 같습니다."

"사랑에는 여러 가지가 있다네." 베르길리우스는 혼잣말처럼 중얼거렸다.

"목적이 있는 것, 없는 것, 자신에 대한, 신에 대한, 그리고 타인에 대한…… 언젠가는 알게 될 게야."

"그러나 사랑이란 좋아하는 감정과 닮은 것이라네. 좋아한다는 것은 그 자체로 이유가 없으므로, 인간은 자신이 좋아하는 쪽으로 흘러가게 마련이라네. 사랑이란 그런 감정의 흐름, 뭔가에 끌리는 혼의 문제라고 해야 할 게야. 그러므로 그런 감정 모두를 사랑이라 하고, 선이라 한다면, 그게 바로 오류의 근원이 되겠지. 그건 나중에 다시 말하기로 하지. 어쨌든 우리는 벌써 연옥의 네 번째 길에 들어서고 있어. 여기서 자네는 태만을 정화할 것이야. 오로지 구해야 할 것은 스스로 노력하고 추구하는 마음이라네."

나는 마음을 굳게 다잡고 사물을 관찰하고, 더 많은 이야기를 들어야 한다고 생각했다. 지옥에서는 보이는 모든 것이 두려워, 온몸에 잔뜩 힘을 주고 있어야 했지만, 여기서는 긴장이 풀리고 편하기 그지없다. 고통

●연옥은 단테의 이마에 새겨진 일곱 개의 P가 말해주듯이, 인간을 오류에 빠뜨리는 일곱 가지의 감정을 정화하는 일곱 개의 길로 구성되어 있다. 단테는 그 길에서 오만, 분노, 질투를 정화하고 이제 네 번째 길로 접어들고 있다. 이러한 죄는 내면적인 것으로, 그런 만큼 정화하기가 어렵다. 여기서 단테의 의문도 내성적이 될 수밖에 없다. 그의 의문도 보다 본질적인 것이 많아져 간다. 다섯 번째 밤, 성 월요일 밤의 어둠이 찾아오고 있다.

은 참으면 된다. 이곳의 모든 풍경과 말 속에는 중요한 것이 감추어져 있
는 것 같았다. 만일 여기서 그걸 놓쳐버리면 평생 다시 만날 수 없을 것이
라는 불안감이 밀려왔다. 그때, 눈앞에 한 무리의 사람들이 지나갔다.

"서둘러, 서둘러. 지금이라도 선행을 쌓아야지. 자아, 서둘러, 가벼운
사랑만으로는 아무것도 할 수 없어. 자신이 직접 하지 않으면 아무 소용
이 없어."

그런 말을 하면서 숨을 헐떡이며 오르막길을 오르고 있었다. 또 다른
한 무리의 사람이 다가왔다.

"왜 믿지 않았을까? 왜 견디지 못했을까? 하늘은 늘 우리 위에 있는데……."

떠밀리는 듯하며 우리도 앞으로 나아가 마침내 다섯 번째 길로 접어들었다.

다섯 번째 길로 이어지는 땅에는 벌거벗은 채 드러누운 많은 행자들이 있었다. 이 세상에서의 영화와 물질을 탐한 어리석음을 지금 이런 식으로 정화하고 있는 것이다. 어떤 사람은 몸을 누이고 울면서 입으로 모래를 씹고 있었다.

"자네들은 선택받았으니까……."하고 베르길리우스가 그 가운데 한 사람에게 말을 걸었다.

"지금 아무리 굴욕적인 상황에 놓여 있다 하더라도, 그것은 보다 위로 올라갈 수 있는 사다리 위라는 사실에는 변함이 없지 않은가. 그런 희망을 가지고 체념하면, 고통도 사라질 게야. 좀 가르쳐 주지 않겠나, 높은 곳으로 오를 수 있는 길을……."

"길 바깥으로 나가서 오른쪽으로 바라보며 가면 되네. 우리와는 달리 스스로 걸어갈 수 있다면, 길은 바로 저길세."

그렇게 대답하는 사람의 말투가 너무 점잖고 훌륭해서, 나는 그가 누구인지 알고 싶었다.

"지복으로 나아가는 당신의 수행을 방해해서 미안하오만, 당신은 어떤 분이신지요? 왜 이렇게 엎드려 있나요?"

"나는 로마 교황일세. 자네, 그렇다고 해서 그렇게 무릎을 꿇지 말게. 주 앞에서는 모두가 같은 인간이니, 그렇게 경의를 표하거나, 연민의 정을 품는다는 건 가당치가 않아. 인간의 마음은 참으로 나약한 게야."

교황 아드리아노 5세는 깊이 한숨을 내쉬며 이야기를 이어나갔다.

"오랫동안 수행을 해 온 나조차, 다른 사람이 내 앞에서 무릎을 꿇으면 이상해지고 말아. 그리고 교황이란 이 세상에서 인간이 오를 수 있는 최고의 자리라네. 위도 없고, 떨어져 내릴 곳도 없는 그 중압감. 그런 생각일랑 버리고 오로지 신의 종복으로서 스스로 노력하면 그만인 것을, 교황이 되면 주위에서 그걸 허락하지 않는다네. 그런 답답한 지위를 얻기 위해 자신을 속이고 남을 속이고, 때로는 신의 가르침마저 저버리고, 입신출세를 위해 내달리다가, 문득 그런 자신이 너무 허망하게 느껴지더군. 결국 무엇이 소중한 것인지를 잊고 말았지……."

예전에 교황이었던 남자는 거기까지 말하고 얼굴을 땅에 묻고, 빨리 가라고 손을 흔들었다.

"그가 세속에서 위로 더 위로 그 지위를 구하려는 탐욕을 버리고, 보다 확실한 길을 걸었더라면……."

발걸음을 옮기면서 베르길리우스가 중얼거렸다.

"정말 수가 많군요."

"그렇고 말고. 야망이란 점점 부풀어 오르기 마련이고, 물질이란 가지면 가질수록 더 많이 가지고 싶어지는 법이니까. 인간의 욕망이란 끝이 없다네. 그것이 결국은 자신을 가난하게 하는 일인데……."

그때 대지가 흔들리더니 하늘에서 노랫소리가 들려왔다.

"저건 뭐야!"하고 나도 모르게 외치는 순간, 뒤에서 또 다른 소리가 들려왔다.

"하나의 혼이 정화될 때, 하늘과 땅이 거기에 호응하는 흔들림이라네. 오백 년간, 나는 저 먼지를 씹고 있었어."

거기에 한 남자가 서 있었다.

"다시 말해, 자네는 축복을 받아 지금부터 하늘로 향하는 게야. 내 이름은 스타티우스, 로마의 시인일세. 돌이켜 보면, 난 정말 낭비가 심했어. 낭비란 욕망의 다른 이름이지. 제멋에 겨워 얼마나 뽐을 내고 다녔는지 몰라. 만일 그때 저 위대한 시『아이네이아스』를 만나지 못했더라면, 나는 지옥에 떨어졌을 게야."

나는 속으로 앗! 하고 외쳤다.

'여기 바로 그 위대한 시인이 있는데……'

나는 즐거운 마음으로 말했다.

"그렇게도 베르길리우스가 좋으십니까?"

"그렇고 말고. 나는 그 시성의 시로 인하여 눈을 떴고, 죽을 때까지 시작에 열정을 쏟았지. 그 시가 없었더라면 나는 보잘것없는 티끌에 지나지 않았을 게야."

나는 더 이상 참지 못하고 그 남자에게 말했다.

"이분이 바로 그 베르길리우스라오."

그는 잠시 멍하니 서 있다가, 기뻐하기도 하고 부끄러워하기도 하면서 많은 이야기를 나누었고, 나는 두 시인과 함께 여섯 번째 길로 들어섰다.

여섯 번째 길에서 정화해야 할 것은 미식과 포식의 죄였다.

이 길에는 두 그루의 큰 나무가 서 있고, 행자들은 비쩍 마른 몸으로 그 나무를 둘러싸고 있었다.

첫 번째 나무는 길의 입구에 서 있는데, 그 연원을 물어보니 옛날 이브가 뱀의 유혹으로 열매를 따 먹었던 그 나무라고 한다. 그러고 보니, 그 나무를 바라보면서 길에 들어섰을 때, 나무 그늘 쪽에서, '이 나무의 열매

를 먹어서는 안 된다'라는 짧고 강렬한 목소리가 들려온 것 같았다. 앞으로 볼 또 다른 나무는 그 가지 하나가 이식되어 크게 자란 것이라고 한다. 이런 이야기는 나와 동행하는 두 시인이 해 준 것이다. 참으로 믿음직한 두 명의 동행자를 둔 나는, 마치 천군만마를 얻은 듯이 마음이 놓였다.

행자 하나가 달려왔다. 눈이 찌부러지고 뼈와 가죽만 남은 사람들이 향기로운 냄새가 피어나는 두 그루의 나무 사이를, 일초라도 아끼는 듯한 자세로 열심히 오가고 있었다. 우리도 그들에게 지지 않을 기세로 빨리 걸어가는데, 행자 하나가 곁을 지나치다가 나를 보고 놀라 외쳤다.

"혹시 그대는 단테가 아닌가."

"그런데, 당신은 누구신지?"

"날세. 포레제야. 이렇게 여위었으니 못 알아보는 것도 당연하겠지. 자네와 시에 대해 논하던 식도락가 포레제라네."

설마했지만, 그는 분명 오 년 전에 세상을 떠난 바로 그 시인이었다.

'이 사람이 어떻게 이곳에……'

포레제가 사연을 들려 주었다.

"이 모든 것이 아내 네라 덕택이야. 네라는 내가 죽은 후로 성녀가 되었어. 아침저녁으로 나를 위해 기도해 주었지. 그래서 나도 믿을 수 없을 정도로 빨리 정화되어 이렇게 위로 올라온 걸세. 아마도 자네는 하늘로 올라가는 모양인데, 내가 거기 가는 날도 그리 멀지 않은 것 같아. 단테, 그때 다시 보세."

옛 친구와 헤어져 앞으로 나아가자 이윽고 거대한 나무가 보였다. 입구에 서 있던 나무에서 이식되어 자란 나무라고는 하지만, 그 부모가 되는 나무보다 더 크고, 더 많은 열매를 맺고 있었다. 그 아래에는 수많은

행자들이 모여 있었다. 행자들은 너무도 강렬한 그 향기에 끌려 나무 아래로 모였지만, 손이 닿지 않아 허망한 기분에 사로잡혀 있었다. 그들은 향기에 이끌려 나무 아래에 모여 망연히 위만 올려다보고 있었다.

다시 만나자는 옛 친구의 말이 떠올랐다.

'문제는 바로 나야. 현세는 점점 나쁜 방향으로 나아가고 있어. 그런 세상에서 과연 타락하지 않고 살다가 다시 이곳으로 올 수 있을까…….' 하고 나는 생각했다.

그때, 천사의 목소리가 들려왔다.

"행복하구나, 신의 은혜를 입은 자여. 음식을 탐하지 않고, 배고픔도 없으니." 우리는 그 노랫소리에 이끌려 연옥의 마지막 길로 향했다.

우리는 일곱 번째 길로 이어지는 험한 계단을 타고 올랐다. 한 걸음만 잘못 디뎌도 다시는 올라올 수 없는 길이다. 최후의 한 계단을 올랐을 때, 베르길리우스가 마치 잊은 물건이라도 있다는 듯 한 마디 중얼거린다.

"요한은……."

그러자 포레제가 그 뒤를 이었다.

"저 묵시록의 성자가 사막에서 먹은 음식은 꿀과 메뚜기뿐이었다."

대체 무슨 말을 하는지 의아해 하는 사이에 나는 벌써 길에 들어서 있

●연옥의 망자들은 각자의 나쁜 성격을 정화하기 위해, 스스로 벌을 견뎌내고 있다. 거기서 견뎌야 할 시간의 길이는 본인의 태도에 따라 다르지만, 그 사람의 행복과 정화를 기원하는 살아 있는 사람들의 힘도 크게 작용한다. 단테는 개인적인 힘과 함께 기본적으로 타자의 힘, 관계의 힘을 매우 중요시하고 있다. 단테 자신도 베르길리우스가 없었더라면 연옥까지 올 수도 없었을 테고, 또한 이 여행 자체가 사람의 세상을 염려하는 단테의 마음과, 베르길리우스에 대한 존경심, 그리고 베아트리체의 단테에 대한 배려가 없었더라면 애당초 불가능한 일이었다. 사람은 관계 속에서 살아가는 존재이고, 죽어서도 단순히 개인적인 존재로 머물지 않는다. 또한 하나의 혼이 정화되었을 때, 연옥 전체가 흔들리는 찬미가가 울려퍼지는데, 그것은 한 개체가 다른 모든 존재에 관련된 연옥의 구조를 나타내는 것이기도 하다.

었다. 불길이 타오르고 있었다.

"여기서는 생전에 음욕을 탐하던 사람들이 그 죄를 씻는 곳이라네. 쾌락은, 그 가운데에서도 특히 성의 쾌락은 한번 빠져들었다 하면 사람을 도저히 빠져 나올 수 없는 나락에 떨어뜨리고 말아. 인간이 본래 가지고 있는 고귀한 힘과 목적을 위축시켜 버리기에, 늘 그 마음은 만족을 모르고, 보다 강렬한 자극을 구하게 되는 거라네. 일단 그렇게 되고 나면, 점점 나락으로 떨어져 내리게 되지. 그래서 그냥 지옥으로 가는 사람의 수는, 다행히 이곳에서 비열한 자신의 성격을 정화하는 사람의 수보다 훨씬 많다네. 게다가 쾌락의 유혹은 몸을 불태우지 않으면 사라지지 않을 만큼 강렬한 것이지. 사랑으로 가득한 마음과 순간의 쾌락은 비슷한 것 같으면서도 완전히 다르다네. 그야말로 하늘과 땅의 차이라 할 것이야."

불꽃 속에서 행자들은 쾌락을 자책하는 노래를 외치듯이 부르고 있었다.

"소돔과 고모라는 불꽃 속에, 지옥의 향연은 불꽃 속에……."

불꽃 속에서 자신의 몸을 태우는 행자들의 눈에는 우리 세 사람이 참으로 이상한 존재였을 것이다.

이곳은 연옥 최후의 길이다. 이제 조금만 참으면 된다. 스스로에게 가혹한 행을 가하는 이 길에서 나는 불꽃을 피해 나아가려 했다.

"어이, 자네."

불꽃 속에서 목소리가 들려왔다.

"다른 두 사람은 그렇다 치고, 자네는 누구야? 살아 있는 사람 같은데, 대체 어떻게 된 노릇인가?"

"당신이 본 그대로 나는 앞으로 죽을 몸이라네. 당신들처럼 빛나는 배를 타고 이 산을 오르든지, 아니면 미노스의 꼬리에 감기든지, 그건 내가

알 수 없는 일이라네. 지금은 하늘에 계신 고귀한 분의 은혜로 나는 이렇게 시인의 안내를 받아, 명계를 모두 살펴보고, 저 혼란에 가득 찬 현세로 돌아가려는 걸세. 그렇지만 얼마 전만 해도 깊은 숲 속에서 나 자신을 잃고, 거의 죽은 것이나 다름없는 목숨이었어. 앞으로 반드시 아름답게 죽을 생각이라네."

"자네를 안내하고 있는 두 사람은 시인인가? 실은 나도 그렇다네. 구이도 구이니첼리라고 하네만……."

나는 놀라지 않을 수 없었다. 내가 그 이름을 모를 리 없다. 피렌체에서 시인이 되려는 자라면, 누구든 그의 기법을 배웠을 것이다. 나는 현세로 돌아가면, 정성을 기울여 그를 위해 기도하리라 다짐했다.

"나뿐만 아니라 여기서 몸을 태우고 있는 동료들을 위해서도……."

구이니첼리는 그런 말을 남기고 불꽃 속으로 몸을 감추었다.

다시 해가 저물었다. 깊어가는 어둠 속에 불꽃의 행자만이 빨갛게 떠올라 있었다. 길의 바깥, 아무도 걸어올 수 없는 허공의 어둠을 건너, 천사하나가 하얀 빛을 발하며 다가왔다. 천사는 우리들 앞에 뜬 채, 높고 맑은 목소리로 노래하기 시작했다. 천사의 눈은 똑바로 나를 보고 있었다.

"청정한 세계를 앞에 두고, 씻어라 그대 마음을, 타올라라 불꽃이여, 성스러운 불의 이빨에 물리지 않으면, 한 걸음도 앞으로 나아갈 수 없음을 알라. 선량한 혼이여, 불꽃을 먹어라! 이 맑은 노랫소리를 들으려면."

나는 피가 다 빠져나가는 것 같았다. 천사는 나에게도 불꽃을 던지면서 말했다. 강건한 영혼의 두 시인에게 이끌려, 나는 어느새 불꽃을 옆으로 살펴보면서 그 곁을 지나려 하고 있었다. 그대로 나아갈 수 있으리라 생각했다. 게다가 나는 살아 있는 몸이다. 불꽃 속을 어떻게 건널 것인가. 나는 도움을 청하려 스타티우스를 보았다. 시인은 앞만 바라보며 꼼짝도

하지 않았다. 나는 애절한 눈길로 베르길리우스를 바라보았다. 그 또한 의연한 자세로 앞만 바라보고 있다가, 이윽고 부드러운 눈길로 나를 바라보며 말없이 고개를 끄덕였다. 그 또한 나더러 불을 건너라 하고 있다. 그래도 나는 꼼짝을 할 수 없었다. 가고 싶긴 하지만 발이 움직여 주지를 않았다. 한 걸음만, 하고 생각만 해도 두려움에 마음이 오그라들었다. 주저하는 나를 보고, 베르길리우스가 말없이 앞으로 나아가, 불꽃 속으로 들어섰다. 믿어라! 그의 뒷모습이 나에게 그렇게 외치고 있었다. 마음을 굳게 먹고 나는 그 뒤를 따랐다.

꽃이 피어 있었다.
강이 흐르고 있었다.
아름다운 처녀가 노래하면서 꽃을 따고 있었다.
따스한 햇살이, 처녀의 노래를 부드럽게 감싸고 있었다.
처녀의 예쁘고 하얀 손이 나비처럼 꽃에서 꽃으로 춤추며 날아다니더니,
어느새 예쁜 꽃다발이 만들어졌다.
바라만 보아도 나는 행복했다.

이 손으로 꽃을 따요. 그래서 나, 레아를 가꾸는 거예요.
거울에 비쳐 보면 정말 예쁠 거예요.
예쁜 내가 비칠 거예요.
라켈의 눈동자는 얼마나 아름다운지 몰라요.
거울 앞에 선 여동생은 오늘도 그 눈에 반하고 말았어요.
세상에서 가장 아름다운 그 눈동자, 바라보는 그 눈빛을

지켜보는 여동생 라켈, 너무 멋져요.

나하고 라켈은 자매예요.
거울에 비쳐보면 정말 예쁠 거예요.
거울도 부끄러워할 거예요.

노랫소리가 빛의 알갱이처럼 수면에 부서져 사라져 간다.

"단테, 단테."
나를 부르는 베르길리우스의 목소리가 멀리서 들려왔다.
핫, 하고 나는 눈을 떴다. 나도 모르게 꿈을 꾸고 있었던 것이다.
주위를 둘러보니 푸른 녹음 속으로 강이 흐르고 있었다. 그게 꿈이라면, 이것도 꿈이라는 생각이 들었다. 나는 벌써 지상낙원에 들어서 있었던 것이다.
강변을 걸었다. 발걸음은 가볍게 미끄러지듯이 앞으로 나아간다. 마음은 그보다 더 가볍게, 불어오는 바람처럼 맑다. 작은 새의 노랫소리가 작은 나뭇가지를 흔들며 날아오른다. 나뭇잎과 나뭇잎이 스치는 소리가, 그 바람 속을 흐르는 물소리와 어우러진다.
그때, 강 건너편에서 아름다운 여인이 꽃을 한 송이, 또 한 송이 꺾으며 이쪽으로 다가오고 있었다. 마치 봄바람이 들꽃 사이를 조용히 스쳐가는 듯한 발걸음이었다.
강변의 빛이 춤추고 있었다. 맑은 눈동자는 점점 더 빛을 발하고, 나는 그 빛 속에 잠긴 바람 같았다. 이윽고 그녀의 발걸음이 멈추었다. 그

순간, 시간이 멈추었다. 강이 나와 그녀 사이를 가로막고 있었다.

그 곁으로 가고 싶다고 생각하는데, 그녀의 노랫소리가 들려왔다.

"하나의 강에 두 이름, 두 강이 같은 흐름을 이룹니다. 당신들은 그것을 '레테', 나는 '에우노에'라고 부릅니다. 잊어버리세요, 모든 것을. 맑게 흐르는 물을 끼었고, 마음을 여세요. 넘쳐 흐르는 이 물을 마시고……."

그리고 그녀는 발걸음을 옮기더니, 뒤를 따르는 나를 돌아보며 말했다.

"보세요. 그리고 귀를 열어 두세요."

갑자기 번개처럼 빛이 내달리고, 눈부신 빛과 함께 악기 소리가 사방

을 가득 채웠다. 찬란히 빛나는 황금 촛대가 천천히 이쪽으로 다가오고 있었다. 촛불이 흔들리고, 일곱 개의 황금 촛대가 일곱 개의 불꽃으로 보였다. 나는 멍하니 그 자리에 멈추어 섰다.

"찬양하라, 아담의 딸들 가운데 있어, 영원히 아름다운 것이여."

빛나는 하얀 옷을 입은 사람들이 노래하면서 나타났다. 일곱 개의 빛이, 스물 네 명의 노인이 나아간다. 하얀 백합의 화관을 쓴 노인이 노래한다. 그리고 그 뒤에서 네 마리의 성수聖獸 그리핀이 한 대의 수레를 끌고 있다. 그리핀의 머리에는 푸른 잎으로 만든 관. 여섯 개의 날개를 달고, 그 날개 하나하나에는 발랄하게 빛나는 눈이 달려 있었다. 머리와 날개를 제외하면 사자의 모습을 한 그리핀이 빛나는 날개를 하늘로 들어 올리고 있었다. 내 머릿속에서 수많은 상념이 일어났다가는 사라져 갔다. '여섯 개의 날개, 아, 지옥의 루시퍼도 그렇지 않았던가. 그러나 그 모습이 너무 다르다. 이 날개의 빛이란⋯⋯.' 그때 누군가의 이미지가 떠올랐다. '요한묵시록이야! 모험을 떠나는 그 부분은 지금 내가 바라보는 광경과 흡사하다.' 가슴이 터질 것 같은 감동의 물결이 일었다.

눈처럼 하얀 옷, 하얀 머리카락, 하얀 수염, 스물 네 명의 성스러운 사람과 네 마리의 성수, 요한묵시록에 적힌 모든 시구가, 한순간에 뇌리를

●꿈과 현실을 오가는 환상적인 장면인데, 전체적인 구성이나 세부는 주로 요한묵시록을 그대로 따르고 있다. 묵시록이라는 말이 나타내듯, 어떤 주장이 논리나 구체적인 의미로 서술되지 않고, 시각적인 이미지 속에 역동적으로 표현되어, 다양하게 해석할 수 있는 깊은 내용을 담고 있다. 다만, 여기서는 하얀 백합꽃을 머리에 장식한 노인이 구약성서 전반을 대표하는 이미지이듯이, 하나하나가 그 자체의 이미지와 함께, 관련된 수많은 이야기와 의미를 띠고 있다. 요한묵시록은 그러한 것들을 교묘하게 융합시켜 두었는데, 읽는 사람이 만일 그 구성원리나 전체를 꿰뚫은 힘을 느끼고, 또한 그것을 쓴 요한과 같은 주파수로 내면에서 체험했을 때, 하나의 일체감을 가지게 될 것이다. 단테는 여기서 무의식적으로 새로운 예언자로서 자신의 존재를 자각하고 있다.

스쳤다. 바로 그때, 노랫소리와 악기 소리가 변하더니, 내가 바라보는 광경의 색조로 바뀌었다.

세 명의 하늘나라 여인이 있었다. 한 사람은 빨강, 한 사람은 에메랄드 그린, 그리고 또 한 사람은 순백의 옷을 입고, 서로 손을 잡고 춤을 춘다. 노래가 흐르고, 빛이 부서진다. 그리고 흰…… 아아, 이 색이 무엇을 나타내는지 나는 알고 있다. 사랑과 소망과 믿음. 천상의 여인은 그 상징인 것이다.

"아아, 스승님, 전 이렇게 아름다운 춤을 본 적이 없습니다. 저 하얀 옷을 입은 천상의 여인, 그 얼마나 조용한 춤입니까. 스승님……."

대답이 없었다. 베르길리우스의 모습은 거기에 없었다.

"베르길리우스!" 나는 큰 소리로 불렀다.

"어디 계세요? 베르길리우스!"

그러나 나의 외침은 허공에서 메아리칠 뿐이었다.

'왜 제 곁을 떠나시나요, 스승님…….'

'가거라, 단테여.'

베르길리우스의 목소리가 들려왔다. 그러나 그것은 이미 말이 아니라, 의미가 하나의 의지를 가진 소리로 변하여 마음속에서 울리는 듯한, 그런 불가사의한 목소리였다. 나는 스승이 떠났음을 깨달았다.

'가거라, 단테여. 내가 할 일은 이제 없으니…….'

부르고 싶었지만 목소리가 나오지 않고, 찰나인지 영원인지 모를 시간 속에서 나는 눈을 감고, 그냥 멍하니 서 있었다.

그때 멀리서 나를 향해 다가오는 한 줄기 빛이 있었다.

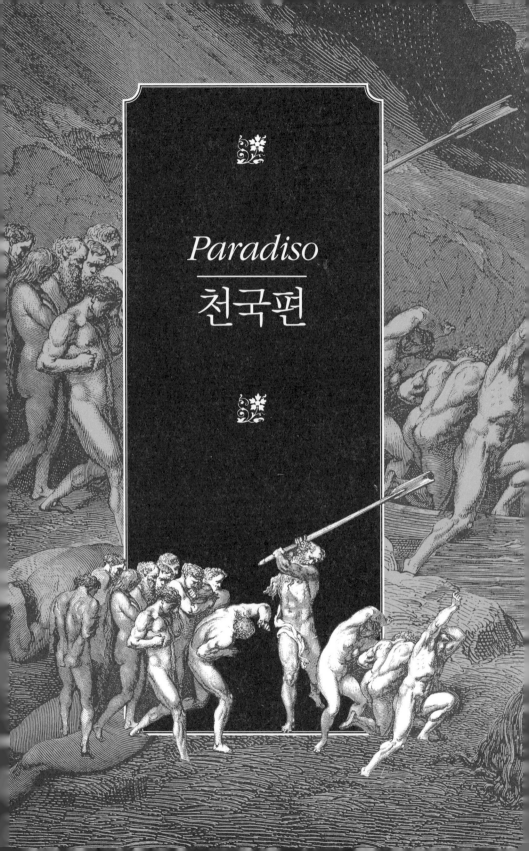

Paradiso
천국편

눈을 뜨자, 빛나는 천사의 모습이 눈앞에 있었다.

둥그렇게 원을 그리고, 손에 백합꽃을 들고, 그것을 고이 감싸는 천상의 여인.

하얗고 청정한 비단 구름이 하늘에서 내려온 것 같았다.

천사들은 내 눈앞에서 날개를 흔들어 모습을 바꾸더니,

순백의 옥좌가 되어 하늘에 둥실 떠올랐다.

가볍게 그 옥좌에 앉는 천상의 여인.

타는 듯이 새빨간 옷 위에 엷은 녹색의 숄이 흔들리고,

파란 올리브 나뭇잎으로 짠 관에, 하얀 베일.

"베아트리체!"

그리운 베아트리체가 거기에 있었다. 스물다섯의 젊음으로 하늘나라의 부름을 받아 떠나간 베아트리체가, 지금 내 눈앞에서 환하게 빛나고 있었다.

가슴 터질 듯한 기쁨에 힘껏 외치려는 내 목소리는, 소리도 없이 사라지고 말았다. 이름을 부르기가 두려웠다. 그로부터 어언 십 년의 세월이 흘렀다. 그때 나이의 그녀를 보고, 나는 그 옛날 가슴에 품었던 희망을 되살려냈다.

'아아, 나는 그 이후로 뭘 했단 말인가, 이렇게 당신을 만나고 싶었던 나는……'

마음속에서 뭔가가 무너져 내리고 있었다. 눈물이 흘러내렸다. 팽팽하게 부풀어 오른 뭔가가 무너지고, 십 년 세월이 모두 그녀 앞에서, 허망한 기억이 되어 바래갔다. 베아트리체는 옛날보다 한층 더 아름다웠다.

단테여,
예전에 나를 사랑했던 사람이여
나는 베아트리체,
지금은 별
잊으세요, 모든 것을
흐르는 레테 강
맑은 물에 봄을 씻고

그 순간, 나는 물속에 빠진 듯한 느낌에 사로잡혔다. 거기서부터 아마도 나는 의식을 잃고 말았던 것 같다.

내가 정신을 차렸을 때는 벌써 강 건너편에 와 있었다. 실제로는 아주 짧은 시간이었을지도 모르지만, 그 동안 내가 보았던 무수한 환상들은 대체 무엇이었을까? 과연 그것을 환상이라 해도 좋을까? 그리핀이 있었다. 천사가 있었다. 베아트리체도 있었다. 그렇다면, 실제로 있었던 일인지도 모른다. 그러나 확실하지 않다.

바람이 일고 꽃이 떨어졌다. 휘몰아치는 파도 속으로 굶주린 늑대 한 마리가 바다 쪽으로 달려갔다. 그러나 금방 되돌아와서 이번에는 한 마리 새로 변한다. 새의 날개는 눈처럼 흩어지고, 한 무리의 사람들. 모두가 눈물을 흘리고, 그 눈물이 볼을 타고 떨어지자, 소리를 내며 땅이 갈라졌다. 그 속에서 용이 나타나서 그리핀이 끄는 천사의 수레를 덮쳤다. 수레를 휘감는 용의 꼬리에 천상의 수레가 삐걱거리며 부서지려 한다. 수레바퀴 일부분이 떨어져 나가고, 썰물처럼 용이 물러나자, 수레바퀴는 금방 원래의 형태를 되찾고, 그 사이 다시 태어난 일곱 마리의 괴수들이 제각기 날카로운 뿔을 달고 워엉, 하고 울부짖는 순간, 그 등 위로 한 창부가 나타난다. 요염한 눈길이 모든 것을 물리치고 유혹한다. 풍성한 여자의 어깨 위에 거구의 사내가 손을 올린다. 남자는 몇 번이나 여자를 끌어안고 입을 맞춘다. 녹아내릴 듯한 여자의 눈길이 내 가슴을 찌른다. 거인이 미친 듯이 여자와 숲을 휘저어버린다. 여자가 사라지고, 숲이 사라지고, 그리고 모든 것이 사라졌다.

눈을 뜨자, 고요한 숲이 따스한 햇살을 받으며 펼쳐져 있었다.

사물의 형태도 점점 뚜렷해져 왔다. 나는 풀밭에 누워 있었고, 누군가가 그런 나를 걱정스런 눈길로 내려다보고 있었다.

'베르길리우스'하고 부르려 했다. 그러나 그 사람은 스타티우스였다. 베르길리우스가 사라진 후, 지상낙원을 자유롭게 걸어다닐 수 있는 스타티우스가 나를 지켜 보고 있었던 것이다.

천상의 여인들이 노래를 부르고 있었다. 베아트리체가 미소를 머금고 있었다. 조용한 눈길이 나에게 말하고 있었다.

"자, 단테, 일어나세요. 그리고 물을 마셔 보세요. 당신은 벌써 이쪽으로 건너온걸요."

눈부신 빛 속을, 나는 베아트리체의 인도를 받아, 거리와 시간의 개념을 넘어서, 날아오르는 것도 아닌 불가사의한 상승력으로 하늘로 올랐다. 눈 깜짝할 사이에 월성천月星天에서 수성천水星天으로 들어섰다. 하늘 가득 별이 빛나고 있었다. 베아트리체에 의하면, 우리들이 스스로의 마음을 즐겁게 하는 멋진 것을 보았을 때나, 사랑하는 마음이 넘칠 때, 눈동자가 저절로 빛을 발하듯이, 별은 지상에 사는 사람들의 마음에 따라 그 빛을 바꾸어 간다고 한다. 다만, 별들은 하늘을 운행하면서도 그 위치를 바꾸지 않고 늘 같은 자리에서 빛난다고 한다.

"그렇다면 당신들은……."

나는 그만 쓸데없는 질문을 하고 말았다.

"당신들은 더 높은 하늘로 오르고 싶지 않은가요?"

열어라, 그 마음을!
이윽고 너를 찾아올 모든 행복을 위해
영원의 샘솟는 에우노에
넘쳐흐르는 그 물을 마셔라!

단테여,
그 옛날 나를 사랑한 사람이여
나를 따라오세요
있어야 할 일,
해야 할 일,
보아야 할 것을
당신과 함께 하기 위하여,
다시는 야수가 사는 숲에서
방황하지 않기 위하여

"세속에서 통용되는 오감이나 이성의 날개로 날아가는 하늘은 너무도 좁고 낮다는 말을 내가 하지 않았던가요?"하고 베아트리체는 나를 나무랐다. 그러나 별들은 나의 어리석음을 깨우쳐 주기 위해 이렇게 말했다.

"위와 아래, 또는 가고 싶고 가고 싶지 않고, 그런 것은 없지요. 어떻게 존재하느냐가 전부입니다. 우리는, 여기서 빛나고 있을 따름입니다."

하늘 저편에는 모든 빛의 근원인 한 점이 있어, 베아트리체는 가만히 그 빛을 응시하다가, 다시 나를 데리고 하늘로 올랐다. 눈을 뜰 수 없을 만큼 강렬한 빛 속에서, 나는 거의 아무 것도 볼 수 없었다.

베아트리체가 응시하는 저편을, 나도 한 순간 보긴 했으나, 빛이 너무도 강렬하여 의식을 잃어버릴 지경이었다. 정의, 명예, 선행, 성전, 그런 말들이 갑자기 나의 뇌리에 떠올랐다가 유성처럼 사라졌다. 과거의 내 속에서 강렬한 빛을 발하던 그런 사념들이, 어떤 것은 형태를 얻어 다시금 빛나고, 또 어떤 것은 빛을 잃고 사라져 갔다. 내 속에서 의문으로 남았거나, 무의식 속에 덩어리로 가라앉아 있던 것들이 하나하나 빛 속에서 밝아져 감을 알 수 있었다.

그것은 마치 캄캄한 어둠 속을 손으로 더듬으며 걸어가다가, 뭔가가 손에 닿았을 때, 그게 무엇인지 상상하거나, 그 정체를 몰라 두려워하면서 손을 놓아버렸던 그것이, 아침 햇살 속에서 아무런 설명이 필요 없을 정도로 선명히 그 모습을 드러내는 듯한 그런 감각이었다. 그러므로, 내가 거기서 이해하고 깨달은 과정을 지금 여기서 설명하기는 불가능하다. 나는 베아트리체에게 마음속으로 질문을 했는지도 모르고, 그녀와 다른 빛들이 그 모든 의문에 대해 명쾌한 해답을 내려주었는지도 모른다. 다만, 그런 행위는 시간과 공간의 개념이 완전히 다른 하늘나라에서는 어떤

빛이 내리네
노랫소리 울려퍼지고
빛이 내리네
우리의 사랑을
여기 있어 더욱 넘치게 하는
한 사람

상승하는 감각으로, 연속적인 맥락도 없이 감지되고 이해되는 것이다.

아래를 내려다보니 지구는 점점 멀어진다. 다른 별에 비해, 특이한 빛을 발하는 지구가 점점 작아져 간다. 바로 그때, 지구에서 꿈틀대는 수많은 인간의 모습이 내 눈에 또렷이 비쳤다. 눈에 보일 만한 거리를 벗어나, 수많은 사람의 얼굴과 표정이 한꺼번에 뒤섞여 꿈틀대는 모습이 하나의 문양처럼 선명히 눈에 들어왔다. 지구는 더욱 멀어져 떨리는 듯 애절한 빛을 발하며 외롭게 떠 있다. 베아트리체는 나를 데리고 월성천에서 수성천, 그리고 금성천金星天을 뚫고 이제 태양천으로 날아오른다. 몸은 점점 더 가벼워진다. 거기에 따라 내 눈도 빛나기 시작했다.

베아트리체가 말했다.

"빛이란 하나의 시선 같은 것이에요. 그러므로 그 빛을 반사하는 밝음도, 그것을 받아들이는 사람의 그릇에 따라 다른 거예요. 빛은, 그것을 받아들이는 사람의 기쁨에 따라, 저절로 그 빛이 강렬해지는 것이에요. 지고천至高天에서 온 우주로 뻗어나가는 사랑의 빛은, 그런 개개의 관계 속에서 확실한 힘을 얻을 수 있는 것이지요."

월, 수, 금으로 점점 높아지면서 더 빛을 발하는 베아트리체의 모습이 한층 더 타는 듯이 빛나는 것을 보고, 나는 우리가 태양천에 이르렀음을 알았다. 기다렸다는 듯 천사들이 모여들어, 아름다운 화음으로 찬미가를 부르면서 거대한 빛의 관을 이루었다. 관이 하나 둘 늘어나더니, 서로의

●단테를 지옥의 산 정상에 있는 지상낙원으로 이끌어 주었던 베르길리우스는 사라지고, 그를 대신하여 단테를 베아트리체에게 이끌어 준 스타티우스도 없다. 그들은 자신의 경계선을 넘을 수 없는 존재였다. 단테는 이제 더 많은 것을 느끼고 알기 위해, 베아트리체와 함께 하늘을 날아오르고 있다. 거기에는 여태까지와는 전혀 다른 공간이 펼쳐지고, 새로운 앎이 있다. 의미의 차원과 그 확장이 매 순간마다 상승하여 넓어지는 방식을 드러내고 있다. 단테는 당혹감에 사로잡힌 채, 그러한 역동적인 움직임 속에서 세포 하나하나의 구성이 바뀌는 듯한 변화를 겪고 있는 자신을 느낀다.

빛은 힘

지혜는 빛

빛을 서로가 반사하며, 우리 주위를 돌며 춤을 추었다.

모든 빛이 다가오는 저편을 바라보는 베아트리체의 아름다움. 그녀는 빛 그 자체였다. 그때, 내 속에서 '불멸'이라는 말이 불타올랐다. 그리고 하얀 빛으로 변했다. 나는 오랜 세월 하나의 의문을 가슴에 품고 있었다.

'만일 지상의 모든 사물이 주에 의해 완전한 것으로 창조되었다면, 왜 풀과 나무와 인간의 육체는 죽어야 하는가, 완전하게 만들어졌다면, 왜 꽃은 늘 아름답게 피어 있지 못하는 것일까……'

이때 나는 알았다. 모든 형태는 순간적이며 헛된 것임을. 주가 창조하신 것은 원소라 부를 그런 생명이며, 그것이 하늘나라를 다스리는 힘, 원동력이 되어 형태를 만들어 낸다. 그 형태는 자신을 이루어 낸 똑같은 힘에 의하여 다른 형태로 변화한다. 꽃은 시들어도 그 존재가 사라지진 않는다. 씨로 땅에 떨어져 빛을 받아 꽃을 피운다. 죽음도 삶도, 빛이 사물을 거울에 비추는 것처럼, 하나의 반사에 지나지 않으며, 실체가 없는 것임을……

아아, 베아트리체, 당신은 지금 찬란한 빛 그 자체라오. 나 이제, 마음속의 그림자가 점점 사라져 가는 것을 알 수 있다오. 그림자를 드리우던 무엇이 녹아내린다는 것을 느낀다오.

그러나 나는 겨우 그녀의 모습을 바라볼 수 있을 따름이다. 그녀가 눈길을 던지고 있는 그 빛의 근원을, 나는 너무 눈이 부셔 바라볼 수도 없다. 빛을 보려면, 나 또한 그 빛이 되어야 하는 것이다.

보아야 할 것을 보려면, 여기서만 볼 수 있는 것을 보기 위해서는 눈이 부셔져도 좋다고, 있는 힘을 다해 눈을 부릅뜬 나를 데리고 하늘을 꿰뚫고 솟아오르는 베아트리체. 화살처럼 눈을 찌르는 빛, 비처럼 내려 퍼

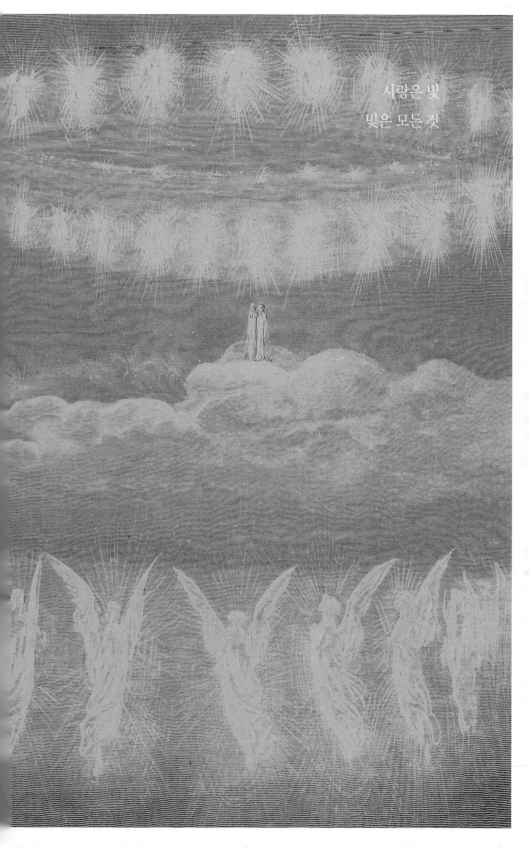

사랑은 빛
빛은 모든 것

부으며, 모래알처럼 눈을 때리는 빛의 알갱이. 빛이 하나의 의지라면, 의지 또한 하나의 확실한 존재라는 생각이 퍼뜩 뇌리를 스쳤다.

해변에서 모래를 퍼올리듯, 두 손을 모아 빛을 받으려는 나. 두 손 가득한 빛의 알갱이가 손가락 사이로 떨어져 내린다. 떨어져 내리는 모든 빛은 하늘나라로 흩어지면서 점점 더 강렬해지더니 이윽고 무수한 별이 된다. 나는 마치 빛의 강을 따라 상류로 오르는 물고기 같았다. 물고기는 물살을 가르고, 새는 대기를 가른다. 빛 속을 헤엄치는 기술 또한……, 그 순간, 나는 자신의 눈이 벌써 형태를 찾아 헤매지 않는다는 사실을 깨달았다.

내가 보고 있는 것은 일종의 힘이었다. 모든 형태에서 자유로운 힘.

빛은 모래가 되기도 하고 별이 되기도 하고 새가 되기도 했다. 크고 작음도 없이 시간의 자유 속에서 마구 변해가는 그것은, 그러나 무엇보다도 확실한 존재였다. 나는 지금 화성천에 있다. 나의 증조할아버지의 할아버지뻘인 카치아구이다가 빛나는 인간으로 거기에 있었다. 어릴 적부터 늘 들어왔던 명예로운 순교자였던 그 조상이, 내 앞에 모습을 드러냈다. 카치아구이다는 그에게서 시작되어 나에 이르는 계보를, 그리고 피렌체의 과거와 미래의 이야기를 나에게 전해주었다. 그리고, 마지막으로 나에게 말했다.

"자손이여! 무슨 일이 있든 스스로 믿는 길로 나아가거라."

빛이 춤추네, 노랫소리 들리고 빛이 춤추네.

천사들이 모여,

D를 그리고 I를 그리고, 다음으로 그려내는 L이라는 빛의 문자.

하늘에서도 찬란한 빛의 문자.

있을 수 있는 일을
이룰 수 있는 일을
구해야 할 일을
당신과 함께……,

빛이 춤을 춘다. 내 속에서 뭔가가 사슬을 끊고, 자유로운 긴장감이라고나 할 뭔가가 천천히 밀도를 높여 가는 것을 알 수 있었다. 안과 밖의 감각이 없고, 일종의 자장과도 같은 것이 공간을 지배하고 있었다. 그것은 눈에 보이는 것도 아니고, 여기에 확실히 존재한다고 할 수도 없고, 뭔지 모를 애정과도 같이 우리가 분명히 느낄 수 있는 그런 감정의 원형, 또는 감각 그 자체로 느껴지는 힘으로 주위를 지배하고 있었다.

빛은 그 느낌의 자장이 떠도는 하늘을 자유자재로, 마음먹은 대로 날아다니는 것처럼 보이면서 때로 놀라운 구성력을 보여주었다. 조금씩 천국의 사고원리와 빛들의 표현방법에 익숙해지긴 했지만, 아직도 그것을 언어로써 이해하려는 사슬에 얽매인 나의 어리석음을 알아채고, 춤추는 빛들이 재빨리 하늘에다 하나의 힌트로써 빛의 문자를 그려 주었다.

행복했다. 나는 모든 것 속에 있었다. 평화로운 마음으로 베아트리체를 보니, 그 눈동자 속에도 끝없는 우주가 펼쳐져 있었다.

단테여, 너는 벌써 보았을 것이다.

알고 있을 것이다.

전해졌을 것이다.

아들아.

네가 본 모든 것을. 또한 앞으로 볼 것을,

신이 연주하는 음악으로 삼고,

꿈으로 삼고,

영원한 시로 하라!

있어야 할 일을

이루어야 할 일을

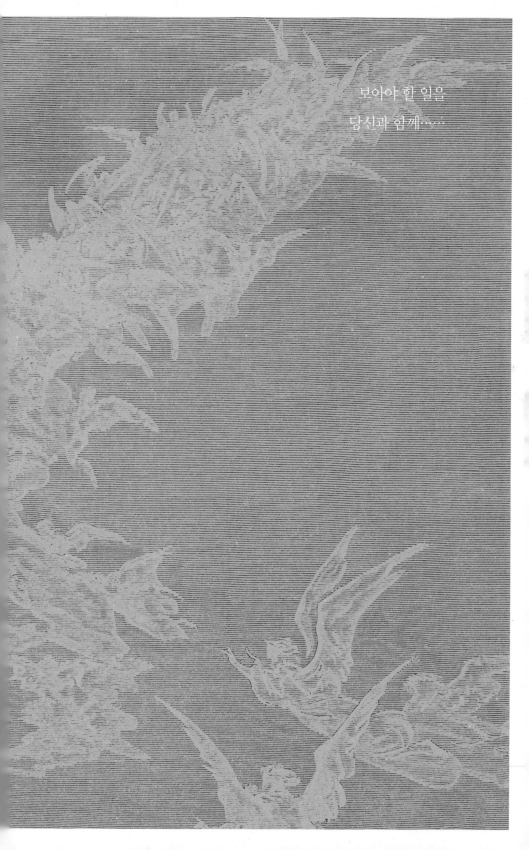

보아야 할 일을

당신과 함께……

'아아, 빛이, 선량한 혼들이, 이렇게도 많이 있었단 말인가.'

하늘나라는 빛들의 뜨거운 사랑으로 지금이라도 불타오를 것 같았다.

베아트리체에 이끌려 빛에 감싸인 채 나는 조용히 외쳤다.

'나는 지금, 천국에 있다. 내 속에 지금 새로운 힘이 싹트고 있음을 나는 안다. 나도 언젠가는 그들처럼 찬란한 빛이 되리라.'

빛들은 제각기 다른 내력을 가진 혼들이다. 그들은 스스로 빛나는 한 개의 빛으로 완전한 자유를 누리면서도, 어딘지 모르게 다른 모든 빛들과 함께하는 뜨거운 고동 같은 것이 느껴졌다. 서로 모여, 한 순간에 불꽃처럼 하늘로 흩어진다. 누구의 명령도 받지 않는 그 빛들은, 그것을 바라보는 내 마음과도 감응하면서 새로운 형태를 만들어낸다. 그리고 때로, 서로 모여 조화를 이루는 하나의 소리로 나에게 뭔가를 전하려 한다. 그것이 멀리 바다 저편에서 끊임없이 밀려오는 파도처럼 내 마음을 때렸다. 내 속에서 감동의 물결이 일었다. 그 감동에 젖어 출렁이는 내 마음은 어느새 하나의 음악을 연주하기 시작했다. 밀려오는 빛의 파도 속에서, 나의 시가 그 파도의 한 파편이 되어, 영원히 울려 퍼지는 것처럼 느껴졌다.

나와 베아트리체는 같은 빛 속에 있었다. 그때, 내 속으로 한 줄기 녹색의 바람이 불어가고, 나의 모든 것이 새롭게 태어나고 변하는 것을 알 수 있었다. 한층 강렬해지는 하얀 빛을 뚫고 우리 둘은 목성천에서 토성천으로 날아오르고 있었다.

토성천에서 빛의 사다리를 타고 끝이 보이지 않는 높이로 올라, 그것을 건넌 지금, 무수한 빛들이 쏟아져 내리고 있다. 마치 별의 폭포 같은 빛이……

그 빛을 받아 더욱 빛나는 베아트리체의 아름다움. 나는 이제 그 빛들

의 의미를 알려고 하지 않는다. 천계를 하나하나 오를 때마다 베아트리체의 아름다움은 더해 갔다. 문득, 지금보다 훨씬 약한 빛에도 눈을 뜨지 못했던 내가 이제는 이렇게 쏟아져 내리는 빛도 똑바로 바라볼 수 있다는 사실을 느꼈다.

'눈부심이란 내 눈의 안쪽에 펼쳐지는 나의 어둠과 빛의 낙차'라는 깨달음이 일었다. 여기서 눈을 감아버리면, 마음에 그림자가 생길 것이다.

'눈을 감아야 한다. 알려 해서는 안 된다. 있는 그대로 보는 것. 거울처럼 비추는 것이다.'하고 나는 자신에게 속삭였다. 빛이 더 쏟아져 내린다. 저 먼 곳까지 뻗어 있는 빛의 사다리, 그 높이는 도저히 내 눈이 닿을 수 없는 거리였다.

'억지로 알려 하지 않을 일이다. 어디서, 누가, 무엇 때문에. 그런 말들은 나의 거울을 흐릴 따름이다.'

빛들이 쏟아져 내리는 저편에는 나를 이끄는 하얀 빛이 있고, 지금 내 눈에 비치는 모든 것은 그것뿐이다.

그때, 맑은 노랫소리가 나의 안과 바깥에서 크고 또 작게 울려 퍼졌다. 나는 소리와 빛의 세계에 들어 있었다.

나는 베아트리체에 이끌려 황금 사다리에 발을 올렸다. 내 발이 그 첫 단에 걸리자마자 모든 중력에서 해방된 나는 오로지 하얀 빛이 뿜어내는 강렬한 자력과도 같은 힘을 따라 위로 올라갔다. 우주 전체가 미소 짓는 가운데, 부드러운 노랫소리에 감싸여, 나는 하늘을 날아간다. 성자들의 모습이 보인다. 성 베드로, 요한이 보인다. 마지막으로 그들은 나의 힘을 시험하려는 듯, 여러 가지 질문을 던졌다. 희망이란, 사랑이란, 평화란, 믿음이란 무엇인가. 갑작스런 그런 질문에 대해 나는 나도 모르게, 메아

빛이 쏟아져 내린다
노랫소리 울리고
빛이 쏟아져 내린다

리처럼 대답했다. 한 순간의 주저도 없었다. 벌은 아무리 멀리 날아가 꽃 속에서 꿀을 빨다가도, 누가 가르쳐 주지도 않았는데 돌아가는 길을 요리 조리 따지지 않고도 그냥 제 집으로 돌아간다. 철새는 수만 리 먼 하늘을 날아 고향을 찾아가고, 물을 거슬러 오르면서도 물고기는 길을 잃지 않는다. 아마도 인간에게 사랑이란, 그런 원초의 힘일 것이다. 내 속의 뜨거운 뭔가가, 저편에서 하얗게 빛나는 장미와 호응한다. 춤을 추듯 거침없이 빛의 사다리를 오르면서, 나는 완벽하게 자유로웠다.

베아트리체가 곁에 있었다.

그녀는 앞을 바라보고 있었다.

나는 빛 속에 있었다.

지혜는 빛
사랑은 빛
빛은 모든 것!

있을 수 있는 일을
이룰 수 있는 일을
구해야 할 일을
당신과 함께
나는 사랑
나는 빛

나는 사랑

나는 빛

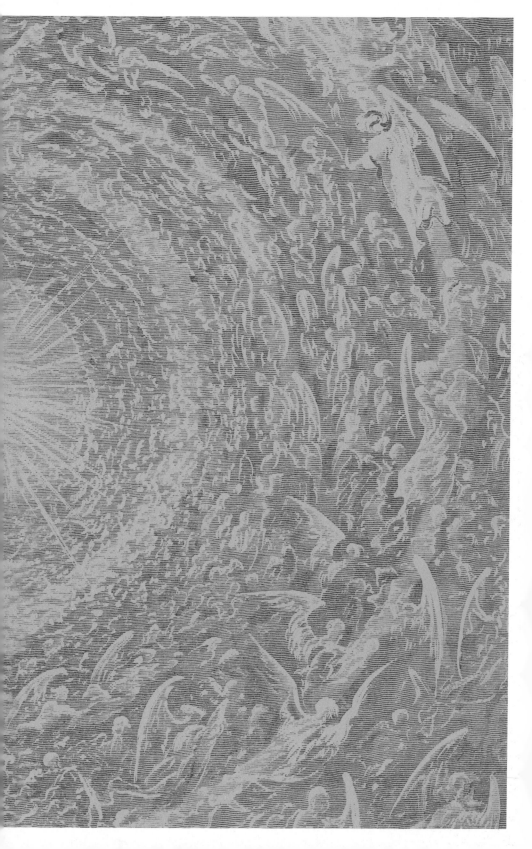

단테의『신곡』과 구스타브 도레에 대하여

단테의『신곡』은 문학사에서도 가장 빛나는 작품이다. 오랜 시간의 벽을 넘어 모든 사람에게 감동을 주는 작품을 고전이라고 한다면,『신곡』은 그야말로 고전 중의 고전이다. 우리는 칠백 년 전에 씌어진 그 작품이, 사회구조나 가치관의 변화에도 불구하고 지금도 우리의 마음에 강렬한 자극을 줄 수 있다는 사실에 새삼 놀라고 만다.

19세기 최고의 일러스트레이터인 구스타브 도레(1832~1883)도『신곡』에 매혹당한 사람이었다. 도레는 라인 강 상류의 산림지대로 독일과의 국경에 가까운 프랑스 스트라스부르에서 태어났다. 그는 어린 시절부터 그림에 천재적인 재능을 발휘하여, 아홉 살에 벌써 펜을 들고 〈지옥의 여행〉이란 제목으로『신곡』의 삽화를 그렸다. 어린 시절부터『신곡』은 그에게 상상력을 환기시키는 매력적인 테마였던 것이다. 도레는 그 후 열한 살에 석판화 기술을 배우고, 열다섯 살에 그림 이야기책을 출판하였다. 열여섯 살에 파리로 나온 그는 당시 유행하던 저널리즘, 즉 풍자 판화와 문장으로 낡은 권력과 가치관, 새로이 등장한 벼락부자들을 야유하여 막 형성되기 시작했던 시민사회로부터 갈채를 받던 신문이라는 새로운 미디어의 프로듀서였던 필리퐁과 계약하여, 일약 유명한 일러스트레이터가 되었다. 그러나 필리퐁이 기획한 것은 주로 도미에나 그랑빌을 스타로 만들었던 신문지상의 풍자화였기에, 도레는 그 일에 만족할 수 없었다. 그는 시사적인 것보다도 보다 환상적이고 스케일 큰 이야기를 자신의 표현 대상으로 삼고 싶어했다. 덧붙여, 도레의 젊은 시절의 일기에는, '우선 단테를 시작으로 전 세계의 뛰어난 고전문학을 일러스트로 장식할 것.(〈일러스트레이션〉이란 빛나게 한다는 뜻이 아닌가)'이라는 기술이 보인다. 그것은 바로 도레가 어린 시절부터 품어 왔던 꿈이었다.

　그렇게 하여 주도면밀하게 구성하고 그려서 출판한 것이 바로 도레의 『신곡』(1861)이었다. 이 책은 도레가 예술로써 판화 표현의 가능성과 그 가치를 추구한 결과, 당시 출판계의 상식을 깨뜨릴 정도로 판형이 크고 비싼 호화장정본이 되고 말았다. 그 때문에 막대한 비용에 두려움을 느끼고 출판사들이 출판을 거부하는 바람에 도레는 할 수 없이 자비로 출판할 수밖에 없었다. 그러나 이 책은 세상에 나오자마자 폭발적인 반향을 불러일으켜, 도레라는 이름을 프랑스는 물론이고 전 유럽으로 알리게 하였다. 이렇게 하여 도레는 자신의 재능을 모두 쏟아 부은 야심작 『신곡』으로 인하여 명성과 창작의 방향성, 그리고 미술사에서 그의 독특한 위치를 확보하는 데 성공한다.

　도레는 이어서 『성서』, 『돈키호테』, 『실락원』, 『아더왕 이야기』 등을 시각적으로 표현하고, 시대를 대표하는 예술가로서, 영화의 선구자라 할 수 있을 정도로 새로운 스타일의 영상작가로서 수많은 영상물을 제작

하여, 고전문학의 세계와 그 이야기를 가능하게 한 그때 그 시절의 리얼리티를 시각 이미지로 보는 사람의 상상력 속에 환기시키는 획기적인 방법을 개척해 낸 것이다. 도레가 고안한 혁신적인 방법과 기술에 대해 간단히 살펴보자.

도레는 우선 자신의 표현 무기로써 목판 기법을 도입했다. 목판이 가진 대량 프린트의 이점을 최대한 활용함과 동시에, 그의 특징이라 할 수 있는 환상성과 거대한 공간성, 그리고 연극적인 글쓰기 효과를 표현하기 위해서 치밀한 선묘사에 의한 섬세한 하프톤(halftone : 망판)이라는 고도의 기술을 개발했다. 그와 동시에 압도적인 양의 영상으로 이야기를 전개하는 표현자로서의 의도를 실현하기 위해, 그 자신을 위한 공방을 만들었다. 그가 의도하는 풍성한 약동감과 깊이를 주는 밑그림 작업에 필요한 최고로 숙련된 수십 명의 조각가를 거느린 대량생산 체제를 만들었던 것이다. 나아가 그 작품에 프랑스어뿐만 아니라 영어, 독일어, 이탈리아어, 스페인어 텍스트를 덧붙여서 유럽 전역에서 출판하는 획기적인 시스템도 만들어냈다. 이 모든 행위를 통하여 도레는 유럽인의 상상 세계에서 어떤 공통적인 이미지의 기반을 새롭게 형성하려는, 회화 세계에서 지금껏 없었던 방법과 스타일과 표현 대상을 가진 표현자로서 자신만의 개성을 일구어 낸 것이다.

『신곡』에 대해서는 도레 이전에도, 이를테면 르네상스 시대의 화가인 보티첼리를 비롯하여, 많은 화가들이 다양한 장면을 부분적으로 그렸지만, 도레처럼 전편의 주요 장면을 모두 그린 경우는 없었다. 그것은 도레가 풍성한 상상력과 대상을 표현하려는 열정, 그리고 표현자로서 전략적인 확신을 가지고 시작한 위업이라 할 수 있다. 이렇게 하여 『신곡』은 단테의 사후 540년이 지나, 사상과 문화의 새로운 르네상스라 할 수 있는 19세기에 이르러, 미켈란젤로의 재림이라 일컬어지는 도레의 재능과 힘을 얻어, 새로운 빛을 받으며 되살아나게 된다. 14세기 초엽의 시인 단테와 19세기 중엽의 판화가 도레라는 시공을 넘어선 슈퍼스타의 공동작업은 거대한 스케일의 구성과 치밀한 표현으로 우리를 압도한다.

이 책은 도레의『신곡』과 원작인 단테의『신곡』이 가진 매력과 힘을, 지금의 시점으로 다시 만들어 낸 것이다.

여기서 원작자 단테에 대해 간단히 살펴보기로 하자. 단테는『신곡』으로 그리스도교의 정신과 그리스 · 로마 신화의 세계를 융합하여, 르네상스라는 문화 운동을 폭발시키는 촉매 역할을 했다. 그러나 단테는 그렇게 행복하게 살지 못한 사람이다. 그는 유서 깊은 가문에서 태어나 정의감이 강하고 정열적인 성격을 가졌고, 명석한 두뇌의 소유자였으며, 시적 재능은 물론이고 정치적 지도자로서도 뛰어난 자질을 가졌다. 젊어서 사랑하는 베아트리체와 사별하고, 그녀의 추억을 담은『신생』이라는 작품을 썼다. 그렇게 하여 사랑하는 사람을 잃은 슬픔에서 벗어나려는 순간, 이번에는 정치적 대립과 음모로 그가 그렇게도 사랑하던 도시 피렌체에서 추방되어 방랑의 길을 떠나지 않으면 안 되었다. 피렌체에서 추방당한 후, 단테는『신곡』에 모든 힘을 기울였지만, 작품이 완성되자마자 고향에도 가지 못하고 객사하고 만다. 사랑하는 사람과 고향에 대한 추억, 인생에서 가장 소중한 존재를 잃어버린 슬픔, 그 부조리, 사리사욕과 권모술수로 자신을 쫓아낸 현실세계에 대한 분노, 나아가 그 모든 것을 보다 인간적이며 보편적인, 시간과 공간을 넘어선 것에 대한 탐구를 통하여 아름답게 살아가려는 행위 속에 승화시키려는 강렬한 의지가『신곡』의 전편에 흐르고 있다.

사랑과 슬픔, 고통, 희망과 같은 인간의 가장 기본적인 감정은 예나 지금이나 변함이 없을 것이다. 그런 인간의 원점을 그린 작품이기에 오랜 세월 사람들의 사랑을 받고, 그것을 모티프로 하여 새로운 상상력을 펼칠 수 있는 고전으로 남을 수 있었을 것이다. 이 책은 단테 작품의 본질적인 뜻과 생명력을 보다 쉽고 간결하게 전달하기 위해, 중심이 되는 부분을 뽑아 의역했다.

　이 책은 1989년 다카라시마 사에서 출판된 신판을 개정한 것이다. 전작의 일부 내용을 가필 수정하였다. 이 책이 탄생하기까지 애써주신 여러분들께 감사드린다.